正座記

山口弘之
Hiroyuki Yamaguchi

文芸社

正座記

1

奈良の都を旅する私は、心の中に秘めていた思いをついに告白する時がきたと感じ、チャンスをとらえて、彼女にプロポーズしてしまったのだった。

「あの百済観音は昔はもっと凛々しいお顔であったという噂を聞いていましたが、先生、本当なのですか？」

私の重大な発言が少しも彼女の耳に届いていないことを知ると、私はがくぜんとして、がっかりと肩を落とした。

「先生。どうしたのですか？　さっきから口をパクパク、パクパクしていますが……。先生、嫌だわ。変な真似はよしてください」

私は誤解されて、あやうく望みどおりの好意的な美術の先生らしい、感動で言葉も出ない、という個人的な素顔を彼女にさらしていたと思われていたのだった。

私は失望して、

「ふん。こんな観音像は、くだらん観音じゃよ」

と言うと、彼女は私の横顔を眺め、

「しゃれのつもりなんですか？」

と言ってくすっと笑った。

「あの……。じつは重大なお話が……」

私はまだ心残りの様子で、いつまでもこだわっていた。

「先生。さっきから、どうしてそんなに意味もなく、私のあとをついてくるのですか？　あっ、先生。法隆寺の住職の、〇〇さんですよ。こんにちは。いつも先生がお世話になっております」

私はチャンスをのがしてしまったのだった。

「そもそも、この寺は、……聖徳太子の意志を受け継いで、いかにしたなら、この日本国の近代化をおしすすめることが出来るか、という目的で建立されたものでありまして、……世界最古の木造建築などともいわれておりますが、それはそれとして……。太子は、心残りのことがありまして、それは、日本の国は、山国という、きわめて山の多い、世界でも例をみないほどの、火山の密集した土地でもあり、太子は日本の将来を、心配なされておったそうでございます……。

そもそも、太子様は、本当は、十人の話を一度に聞きわけるほどの、頭のよいお方でもございませんでした。……という噂もございましたが、太子が、本当に望んでいたものは、この奈良の地に、地球の中心となるような、立派な美術工芸品を作ることでございました。

ギリシア・ローマ時代より、美術品などの世界的流行もあり、太子様は、世界の流れに後れをとらないように、さまざまなものを作りたいと願っておられたのですよ。ところが、なかなか、そういった方面までは手が回らず、彼は死んでしまいました。

奈良、京都などには、多くの仏像などが、美しいお姿で寺院の中にひっそりとたたずんでおりますけれども、それらを美術品として、宗教から分離して眺めて見る時、とてもリラックスして、いつまでもぼんやりと時も忘れて眺めていられるものもございます。

私はたんなる住職ですが、先生に、ぜひ、百済観音のデビューの頃のお姿を見せてさしあげたかったと思っておるのですよ」

私は、彼女が足がしびれてきているため小さなお尻をくねくねさせているのがおかしかったので、

「住職。私は、百済観音については、こういった意見を持っております。話が長くなりますが、彼女にも、勉学のために、よく聞いていてもらいたいと思い、さらにしゃべりまくります」

と言った。

「先生はなぜあんないじわるをするのですか?」

私は彼女の不満の声に、「これでいいのだ……」と思い、不思議な快感が生じてくるのを感じていた。

私は仏教美術が専門なので、最初から女人は嫌いなのであったのに、彼女が私の講義を受けるようになってから、なぜか長年の性格がくだけていくのを、いまいましい思いで、複雑な心の動揺とともに、あってはならない男女の関係を想像して、ひとり苦しんでいたのであった。

だから彼女が突然専門的な知識を求め、私の深い頭脳の迷宮にまでもとことこと無断で押し入ってきた頃は、もはや完全にいかれていたのだった。

私は長い間苦しんだのだった。私には妻子がいるし、また他にも女友だちがたくさんいるのに、また、このような美しい、いや美しくはない、ちょっと平凡すぎる若い女人の雰囲気を察知した私のアンテナは、激しくサインを赤く点滅させながら、パトカーと救急車を同時に発進させてしまった。そしていとも簡単に、おだやかではない事件の騒々しい、現場の雰囲気を作り出してしまったのだった。

隠れて私は秘密の仏像に、この感情を告白すると、仏像は、「……お前はどうせ、女嫌いなんだから、もっと友だちをつくるべきである。男好きのお前は、もっと女人も知らなければならぬぞよ」

と言ってくれた。

私は勇気百倍となり、この奈良の旅に彼女を誘ったのであった。

「先生。特別に、私だけに、このような人から誤解をまねくようなことをして、本当に困ります。でも、先生のことだから、私は安心しています。おともしますわ」

「それはありがたい。僕は君のような人が、奈良の仏像などに、どのように関心を抱いているのかが興味があるのだよ。もうこんなに古くなってしまった人間では、新しい若々しい感覚が、どのように仏教美術について反応を示すのか、くわしく知りたいのだよ。

だいたい、こうした分野は、興味を示す学生が少ないのだ。だから、君のような、僕の知識をすべて横取りしようとするような、貪欲な学生は、僕は本当に、うれしい、……涙が止まらない、……苦しいくらいに……」

「先生。そんなに感激しないでください。私は、わけがあって、こんなものに興味を持つようになっただけなのです。

というのも、私は、よく夢の中に、仏像が現われるのです。不思議なもので、それはそれは気持ちの悪くなるほど、リアルに現われてくるのです。

ですから、なにか、私は、これらの仏像を研究する義務があるのではないのかと思うようになり、それで、大学で研究するようになったのです」

「そうだったのか。それは知らなかった。だから、静かに瞑想しているような、そんな表情をよくしているのだね」

「あら、嫌だ。そうですか？」

私はこんな彼女が、まるで私の弟子のように感じてきてしまって、いけない禁欲の期間の掟をやぶり、乱暴に組みふせて、おしおきをしてやろうと、聖なる仏壇の前で、彼女の手をとった。

彼女ももはやこうなることは予感していたとみえて、なんら抵抗することなく、私の手の感触を楽しんでいるようであったのだ。

それからというものは、僕たちは、もう普通の男女の関係ではなく、先生と愛する生徒の、人もうらやむ似合いのカップルになってしまった。

私は渋い初老の有名な仏教美術の権威であり、彼女は研究と恋愛との間を忙しく往復する、かいがいしい女人の風情であった。

私はこうして奈良の寺をめぐり、その古くからある、日本の伝統の職人たちの努力の結晶である、国宝級の数々の仏像を見て歩き、あらためてそれらの美術品としての価値の偉大さを知ったのであった。

私たちは別々の部屋に宿泊したが、その距離は、心の中では近かったのだ。

しかし私たちは、二人とも潔癖な性格であったので、少しも心を乱されるようなことはなかったのだ。

それが一層私たちの関係を、奥深い、清潔な、人格者的な、宗教的な高みにおし上げていって、悲しいくらいに旅は巡礼のようになった。

そんなある日、私は熱心に仏像の写真を撮って、今後の研究のために使おうと思っていると、なにか光のようなものが、チラチラと目の前を横切るのが見えた。

「あの人、レーザーペンで、何かしてますね。何をしているのかしら？」

彼女がそう言うので、私はその男のほうを見ると、たしかに小さなレーザー光線の出るペンのようなもので、さかんに大仏の体に光を当てているのだった。

そしてその光は、大仏の太い指のところでしっかりと止まった。

「大変だぞ。あいつは、僕のよく知っている、国際的な美術品窃盗グループの仲間の一人だぞ。あいつは、こんなところまでも来ていたのか。いいかい。あいつはね。あのレーザー光線で、指を落としてしまおうと考えているんだ。そうして、小指をつめてしまい、過去のある仏像にしてしまおうとしているのだ。修理しても、もう、傷は消えないのだ。一生消えるものか。この東大寺の大仏は、過去のある、いかがわしい仏像になってしまうのだ。そうすれば、もう価値は半減するだろう。国では、寺と相談して、競売に出すだろう。安く買った彼等は、これをまた高く売りつけるのさ」

「先生。そんなことをどうして知っているのですか？　先生は、研究の分野が、そんなところまでも拡大していたのですか？」

「だから、僕についてくれれば、いろいろなことが、もっともっとわかってくるよ。僕は、これでも、0101という暗号ネームを持っているのだよ」

「へえー。先生。知りませんでした。ところで、ここは、撮影禁止になっていないでしょうね。だいじょうぶかしら？」

「それよりも、あいつを見ろ。ほら、もう引き上げていくぞ。今日は、調査にやって来たのだ。後日、強力なものを持ってきて、落としてしまうだろう」

「先生。早く、警察に届けましょう。先生は、あの男のあとを追ってください」

「嫌だ。危険な目には遭いたくない」

彼女は失望の顔を露骨に私に向けて、

「先生。０２０２という暗号ネームを持っている私は、０１０１の消極的態度を、本部に報告しますよ。いいですね」

と突然言ったのだった。

2

私は男のあとを追った。男は東大寺のはずれのほうに行くと、なにやらごそごそとしていたが、なんと宙に浮き上がり始めたのだった。

私はあらためてこの犯罪組織の高い知能に驚いたのであったが、彼がマジシャンのように見えない糸を使って、高所へ昇る練習をしているのだというのがわかっていたので、感心しながら見ていた。

すると後ろから、彼女（０２０２）がやって来て、

「０１０１。警察はすぐやって来ますよ。彼を見張っていましょう」

と言って、彼がたくみに熟練された技術で、すでに、三メートル上昇して、空中でポーズを決めているのに見入っていた。

「彼らはああやって技術を磨いているのです。スリのように、技術は彼らにとって、大事ですからね」

私は近づいていって、糸に触れた。すると彼は上空から、

「おい。やめてくれ」

と言ったので、糸をはじくと、私は戻ってきた。

「先生。だめですよ。おとなしく見張っていないと」

「だって、彼は、なんの犯罪もまだ犯していないじゃあないか」

「そうですね」

「そうだろう？　早くずらかろう。警察が来る前に」

私たちは急いでその場をあとにしたが、彼らはきっと犯行を実行するものと考えられたので、私たちは警察にくわしく事情を話して、犯行現場を念入りに警戒するようにと言った。

しかし警察ではただ笑っているだけで、本気にしていなかったので、ますます私たちは、どうしたならよいかわからなくなってしまったのだった。

私たちの学術のための二人だけの甘い旅情をいにしえの都である奈良の街にたどる旅は、こうしてはかなくも消えていってしまった。

彼女はそれでも日程通り、それぞれの寺院仏閣において、詳しく私の学識ある、興味深い、学問の底に流れる、さわやかなせせらぎの音に耳を澄ましていたのだ。

私もこういった彼女と時間を過ごせることは、幸福でありました、楽しく、苦しかった。

私たちが同じあの正義をふりかざした、組織という名の、薄汚れた0101、0202という、機械的な、ただ道具のように人間を使う、冷酷で、数字で呼ばれる一員であることが判明した以上、我々は同志であり、したがって、死ぬのも一緒であり、愛というものはもう遊びの道具の一つにすぎないことを二人とも知ってしまったからであった。

やがて二人には別れが待っているのだ。それはいつなのかはわからないが、けっして二人は普通の男女のように、

「あの星はすてき」

「そうだね。心から僕もそう思う」

などと言っていられないのだった。

しかし私たちは先生と生徒であり、学問の道はきびしくまた永遠であり、そんな二人は草萌える若草山に登ったのだ。

どこか遠足に来たようでもあり、私たちは、気楽にここ数日の出来事を語り合った。

「先生。法隆寺の件ですけれども……」

「なんだね？」

「先生。もう少し離れて座ってください」

「……」

「あの百済観音は何故お顔を変えられてしまったのでしょう？　明治時代の改修の時に、あのように、ほほえみの表情になり、豊かな冠を付けられ、左右にたれさがるなだらかな曲線を描く、その冠の一部は、まるでやさしくお顔を引き立てているようですね。しかし、彼女（百済観音）は、女なのですか？　男なのですか？　中性的ですね。観音様は一般的にいって女性ですから、女なのでしょうね……。しかし、水の瓶をぶら下げて、俗説には、お酒の瓶だともいわれていて、飄々とした感じもいたしますが、先生、やめてください、怒りますよ……。それから、何故、あのようにふしだらな百済観音像が、法隆寺の大切な仏像として、有名になっているのでしょうか？聖徳太子をモデルとしたといわれている観音像もあり、そちらのほうが、私には、重厚な印象を与えると思うのですが……。それにしてもよくわかりませんね。いったい昔の人々は、何を考えていたのかしら？」

「君。よくそこまで調べ上げたね。立派なものだよ。僕はこう考えている。これは国家の陰謀だったのだと……。つまり、明治時代になり、寺や神社はなんらかの影響を受けたのだ。それで、仏像たちも、どこか変えられてしまったのだ。あの、百済観音などは、もっとも影響を受けた一つかもしれないぞ」

「先生。０１０１。私たちは徹底的にあの百済観音のほほえみの裏に隠された、真実の素顔をあばいてやりましょう。そして、０１０１。国家の犯罪を裁いてやりましょう」

「君。そんな大げさなことはやめたまえ。僕は嫌だなあ。０２０２。勝手に一人で活動してくれたまえ。僕は、嫌だよ。それよりこの若草山は静かだねえ。人影も見えないし、……」

私は彼女に接近しすぎていたので、もう少しのところで、胸と胸が触れ合うところであったが、彼女は、そのまま草むらに倒れ込んでしまい、私もその上に乗ってしまったので、大きな悲鳴が周囲に響きわたったのだった。

私は驚いて、あわてて立ち上がると、いちもくさんに丘をかけおりていき、大きな木のかげで、そっとあたりをうかがった。

数人の人たちが、心配そうな表情で、彼女のところへ近づいていき、何やら話しかけていたので、私はあらためて彼女の好意が、自分が想像していたものよりも、単純で通俗な、若い女に特有の、ナルシズムからきていることに気づき、もう彼女のことはあきらめようと思った。

しかしやはり思い直し、大人の態度で、やさしく金銭的に誘っていけば、どうにかなると考え始めていたのだ。

そう考えると、気持ちが楽になり、私は大胆にもまた彼女のところへ戻った。

「先生。法隆寺の住職の方は、さかんに聖徳太子のことを、めずらしい視点から語っていましたが、私は、はっきり言って、同感しかねますね」

私は平然として、彼女にとってよい師となる資格を十分そなえていることに満足していた。

「……聖徳太子について、いろいろな見方があるが、私は、彼は、おしゃべりだったと思っているぞ。十人の人に向かって、十の話を、それぞれ同時に語ることができたと考えている」

「冗談はよしてください。ばかみたい」

「すまない。すまない。しかし彼は非常に美意識の豊かな人物であったと私は思うよ」

「それは私も同感ですね。太子は、目鼻立ちの、はっきりした顔でしたし、それに、精力的に物事を処理していくタイプの人のように感じられます」

「高木君（彼女は高木美佳子というネームをもっているが、私は一度もミカコと呼んだことがない。高木君と言うことにしているが、本当は、ミカコ、と呼びたいと考えている……）。この若草山から奈良の街を見ると、とてもゆったりとしているので、昔の人々の生活も、ゆったりとしたものであると思われるのだが、君は、どうして法隆寺の住職の意見に同感しないのかな？」

「……私は、美術品と仏像は別のものだと思うのです」

「つまり彼は、仏像と美術品の違いなどではなくて、大きな心を持った人物像の、表現がいつの時代も大切であると、そう言いたいのだよ」

「わかりました」

私たちは並んで若草山をおりた。すでに私たちの心は一つになっていて、近いうちに重大な、希望を胸にいだいた、ときめきの会話が、やつぎばやにとりかわされる時もやってくるのだ、と私は信じることができたのだった。

私はやはり彼女を随行させてよかった、と思った。

こうして学問の場から、一つの愛が花開き、色鮮やかな花びらが、人々の目を引きつけ、幸福という名の美しい言葉が、自然と口から出てきた時こそ、さらに学問の門の前にたたずむ私のような真面目な研究者は、新しく斬新な、革命的な、新説を公表できる機会にめぐまれるものなのだ。

私は期待していたが、世の中はそんなに甘いものではなかったと後に思い知らされるのだったが、今はそんなことに気づくはずもなく、高木君との古都の旅は、続けられていたのだった。

3

再び法隆寺を訪ねた私たちは、静かな寺の境内を散策した。

私は彼女のやさしいため息を何度も聞いていたが、じっと黙って、彼女から言葉をかけてくるのを待っていた。

そこまで彼女を追いつめてしまった私の罪は、女性たちなら誰でも悩み多き青春の楽園で、体験する試練のようなものであったが、私は心を鬼にして、無事その試練を克服してほしいと願っていたのだ。

「……奥さまと別れてくださるのですか？」

「……」

私はなにも答えられなかった。どうして答えることができるのであろうか。

こんな初老の、弱々しい一人の男が、悲しい目をして、自分の妻に自分のわがままを今さらなんと語ればよいのだろう。

「……側室にするつもりですか？」

「……」

こんな言葉は私の予想外のことであり、さらに私は口をかたくとざしたまま、一歩一歩白壁の続く、寺の明るい庭を横切り、そして壁にもたれかかり、憂欝な表情で、彼女の肩を抱いた。

「僕たちは愛し合っているのだ。だからこのような危険を、さけて通ることはできないのだ」

「先生。幸せにしてください」

私の目からは涙があふれ出て、そっと私はハンケチでぬぐったが、彼女の目からあふれ出た涙は、銀色に輝いて、頬を伝わり、口もとまでにもたどりついていたので、私はがまんできなくなり、自分のニナ・リッチの水色のハンケチでやさしく頬にそって涙のあとをたどっていった。

彼女はその口に、ハンケチをくわえ、そのまま私の胸にいだかれて、声を上げて泣き出したのだが、こらえているのが、苦しいほどわかるのだった。

いつまでもこんなことをしているのはよくないと思ったので、彼女をそっと白壁にあずけ、私は寺の甍を仰ぎ見たが、よく見えなかったのは、感情の整理がつかないばかりか、私の不幸な人生の、ほんのささいな幻のような涙のせいであったのだ。

人が通りかかり、あまりにも二人の様子が、世間からかけ離れているようであるらしく、彼らはそっと遠慮しながら過ぎていったが、なにかささやいていたのは、私たちの美しい白壁を背景とした、悲しみの物語の、クライマックスに心を動かされていたからと思われたのだ。

こうして二人はさりげなく歩きだしたが、目的もなくただ法隆寺の境内の、いろいろな古い歴史を感じさせる、柱のかげで立ち止まっては、どちらともなくまたため息をもらすのだった。

「先生。わたくしは、決心しました。どうしても奥さんと別れられないのなら、けっこうです。わたしは十分幸せに生きていく方法を身につけていますから、先生、側室にしてください。わたしのことを美佳子椿姫と呼んでください」

私は彼女が何故椿姫の言葉を出したのかわからなかったが、椿のように、愛らしい花びらを花のかたちのまま散らすそのいさぎよさに、彼女のなみなみならぬ決心のほどを感じたのであった。

「ミカコ」

私はついに言った。

「ミカコ椿姫……」

私たちは思わず笑ってしまって、二人でしばらく法隆寺の青い空を仰ぎ見て、いそいそと百済観音の前まで手をつないで歩いた。

その時風が吹いてきて、なびく髪が彼女の首の周りにまとわりついていたので、私は思わず自分の髪をかき上げた。

百済観音の前をすぎ、そのまま外へ出た二人は、なんのために百済観音のところへやって来たのか、ぼんやりとしていて少しも理解できなかった。

義務のように、ただやって来ただけであり、その姿を見ることもなく、通過してしまったのであった。

「帰ろうか？」

「いいえ。ちゃんと調べなければいけませんよ」

私はしかたなく、住職のもとへ足を運んだが、このような時に、彼女は少しも学生らしい、生真面目な態度をくずしていなかったので、大人の私は、あきれてしまった。

「今日という日は、もうやって来ないのです。今日の予定は今日のうちにすべて完了しておかなければ、０１０１、明日からの行動に支障が生じます」

「０２０２。君のそういった命令口調には、私は上官のシグマを思い出して不愉快だ。やめてくれ」

「シグマはとてもよい上官です。あなたが能力の低い０１０１だから、そう思うのでしょう？」

　住職がやって来た。

「……そのような組織が存在することは知っていました。いずれこの法隆寺にもやってくるかもしれませんな。

　しかしこの寺では、彼らに自由に仏像を拝ませませんよ。

　この寺では、国際美術品窃盗グループに対して、断固とした態度でのぞみます」

「しかし相手は観光客の中にまじって、熱心に日本文化にめまいを起こしているようなふりをして、すきをついて、あっという間に何かをしでかすようなやつらですよ。あなたがそう言っていても、どこに安全装置がついているのですか？」

「安全装置？」

「そうです。堂々と言ってください。どのような安全装置なのですか？」

「……」

住職は疑いの目で私を見た。私は誤解されまいと、住職をにらみ返した。

突然住職は笑い出し、

「あなたはまるで警察の人のようですね？　その正義感にあふれた目は、まるで泥棒の断末魔の、叫び声を上げげて、仏像による呪いの死の地獄への坂道をかけおりていく、人のさびしげな目よりも、ずうっと涼し気だ。

あなたにはわからないでしょう。ぜったいわからないでしょう。教えませんよ。

そうして私たちは、あなたのようなにせ美術研究家には、用心してうまい話にのせられて苦しむ美佳子椿姫は似合わない、そう思うのだ。

どうです。なにもかも知り尽くしているでしょう。

私たちは、壁に耳あり、障子に目あり」

「にせ美術研究家とは、失礼ですぞ。私は、これでも、数々の業績を残してきた」

「先生。住職。もうやめてください。私がいけないのです。私が一番いけないのですから、苦しむのは、私だけでよいのです。……窃盗グループについては、新しく00がやって来て、私と協力して捜査することになりました。だから、安心していてください。先生ももうそんなにむきにならないで、いつものように、静かに語ってください」

「……わかりました。それでは少し心を静めて、三人の心が一つになるように、お茶と菓子をいただきましょう」

私はいつになく興奮していて、彼女が落ち着いていて、住職のためにその右手で、あやしい誘うような、茶器の瓶から液体を垂らし続ける仕草に、思わず嫉妬をおぼえた。

「……先日の話の続きですけれど、仏像の多くは、すでに色あせて、木造彫刻の宿命である、木片のかたちに収縮が見られます。しかし微妙なものなので、それほど心配することはないでしょうが、……」

「そもそも、聖徳太子は、この奈良を大きなコロシアムにしたいと考えておった。ちょうど盆地を囲む山並みは、コロシアムのように、平野を包み込んでおる」

「それは壮大な計画ですね。すばらしいじゃないですか」

「そのためには、美しい仏像がたくさん必要だったのじゃ」

「わたしは知っていますわ。太子は、自由の女神を作りたかったことを。そうです。ニューヨークの港にあるようなばかでかいものを。そうです。太子は自由の女神像を百済観音に求めていたのです」

私と住職は彼女の真剣な表情に、言葉を失った。

あきらかに彼女は私よりも一歩リードした世界へ侵入している、新しい世代の旗手であり、まぶしいくらいに輝いている、私の優秀な生徒であり、愛人であると思った。

「そもそも、古くからある文献によると、太子は、京都方面にも壮大な夢を持っておった。

京都も奈良とおなじようにコロシアムであり、この二つのコロシアムを立派に整備して、世界に類をみない、大都市を作りたいと願っておった」

「しかしそれは実現されたのではないでしょうか？　古都としての二つの都市は、今や、もっとも美しい地球上の双子のような立派な成長した街になりましたから」

高木君は何か言いたそうにしていたが、さかんに首をふりながら、頭の中のもやもやとしたものを、消し去ろうとしているかのように、私にささやきかけてきた。

「……太子は何故、若くして、国家の最高責任者になったのですか？」

「彼は才能があったからだよ。権力闘争にうち勝つ力も若くしてすでに十分備えていたのだ」

「そもそも、法隆寺には、そもそも、新しい時代にそなえて、そもそも……。……」

「あら、変だわ。住職さん。……お疲れの様子ですね」

「エネルギーが切れたのだろう」

私と高木君は住職がっくりと肩を落として、そのままの姿勢で少しも動く気配をみせないので、室内の静かな物音一つしないさびしげな空気に心細さをおぼえた。するといつのまにか、住職は再び起き上がり、いつになく笑顔をいっぱいにつくり、

「失礼しました。私もちょっと疲れているようです。じつは、昨夜、不審な人物が寺に侵入して、謎の文《ふみ》を置いていったのです。……これですよ。読んでもかまいませんが、どう思われますか？　やはりあの窃盗グループの一味のしわざと考えたほうがいいと思われますか？」

「なになに……。我々はこの法隆寺の歴史ある国家的遺産を、いかにして商品として売買できるか思案中である。しばらく待たれよ」

「しばらく待て、だって？　なんという、ふとどきものなのでしょう」

三人はもはや彼らの目的が、明白であると信じた。これからいったい何が起こるのであろう。

おだやかな古都に突然現われた謎のグループは、すでに計画的に準備をしているのであり、やがて彼らの犯罪により、大変な事件が社会の表面に出てくるのは時間の問題であったのだ。

住職はそろそろ私たちから離れ、エネルギーを補給したい素振りであったので、二人でわけのわからない、住職の背中の背骨あたりの、力強い柱のような、直線的な長身の上半身が、天井にぶつかるほどのび上がった瞬間をとらえて、食べ残してあった菓子をつまんで、ポケットに入れた。

頭をかがめて出ていく住職の後ろ姿は、まるでたくましい一体のにせものの仏像のようであった。

私たちは影のある廊下を通り、靴脱ぎの場所で、腰をおろし、やれやれと老人臭いかっこうをして、足に黒と赤の、それぞれ似合いの恋人のような、大と小の靴を履いたのだが、よく見るとそれは他人のものであり、私たちの靴ははるか彼方《かなた》の隅のほうへ去っていってしまっていた。

「誰かしら?」

「うん……」

そんなことはどうでもよかったので、私はさっさと靴を持って来て、彼女と並べて靴脱ぎのところへ置いたのだが、高木君はまたわざわざ、私とは離れたところへ持っていき、そこで履いた。

すでに私たちは行動をともにすること三日目の夜を迎えていた。

そろそろ何かあってもよいと思っていた。

しかし彼女は少しもそんなことは考えていないようで、旅館の夕食をたいらげると、さかんに机に向かって、今日あったことを書き記しているのであった。

私はそんな彼女を見つめていると、思わず自分の若い頃を思い出し、あのように熱心に私も勉学していたのだ、あの頃はよかった、ほんとうに真面目に研究のために祈るように寺のお坊さんのように、それはもう一生懸命、知識を吸収していたのだ、彼女も今はそういう時期なのだ、うれしい……。

こんなふうに感じるのだった。

ふと高木君は、宙を見つめ、しばらくそのまま何事かを思考中であったが、またその可愛らしい手ににぎられた一本の筆記用具は、さらさらと音を立てて、純白のノートの上をなめらかに進むのだった。

私は時計を見て、おや、もうこんな時間だ、そろそろ風呂に入りに行こう、高木君もさそって行こう、と思い、

「高木君。……ミカコ椿姫。……どうですか?」

と、持っていた旅館の薄いタオルをかざした。

すると彼女はほんのりと頬を赤くそめて、

「ええ……」

と言ったなり、じっと机の前で手を止めてしまった。

「先生。お先にどうぞ。私はまだすることがあるので……」

「そうか。じゃあ……」

私はすたすたと風呂場へ向かった。

広い大浴場の中には湯気だけがもうもうと立ち上がり、人影は一人も見えない。

十分湯を体にかけてから、そっと湯船の中に入ると、その湯かげんといったら、ちょうど私の体温と同じくらいの三十六度ぐらいであり、そんなはずがない、温かいはずだ、どうして……、私は何故か体がほてっていたので、錯覚から湯かげんを誤解していたのであった。

私は冷静にならなければいけないと感じた。

これでは熱い風呂に入っていても、水風呂と思って、長時間入浴していて、いつかゆでダコになっていた、なんてことになりかねないのだ。

そこへ人が入ってきた。

彼女であった。私はこの大胆な行動に思わず恐れをなし、あわてて湯船の隅のほうへ逃げた。

彼女はそれでもゆっくりと近づいてくると、

「いい湯ですね」

と言って、私の肩に自分の肩を接触させた。

「……」

私は無言であった。それは三分間続いた。そして私は言った。

「……二人だけの夜が来たね」

しかし潔癖な私たちは、機械のように別々の部屋へ入り、一人瞑想の時間を過ごし、はるか遠くの宇宙の法則による星くずの流れのように、空をかける天馬のいななきに、熱き感情を純潔の白いベールで包み込む戦士としてのプライドを、かけぬけるひずめの音とともに、失うことはなかったのだ。

それが私たちの最後の夢のような恍惚の夜であったとしても、けっして二人にとって後悔などはなかったのだ。

私は死んだように眠り、彼女はまったく私のことなど忘れて、美しいよだれをたらして、まどろむように心地よい旅館の高級羽毛布団をけちらしていた。

なぜこれほどまでに私たちは、危険な罠をしかけておきながら、自らさけて通っていたのかというと、恋というものは、はかないものであり、いくら追い求めても、かすみのように両手からすりぬけていってしまうからであった。

私はふと起きて、深夜ラジオの放送を聞いていた。

「……僕らはさまざまな計画を練っているが、どうしても実行するためには、勇気がいりません。どうしたなら、いいでしょう?」

という若者の質問があり、

「……勇気などいりません。欲望があれば、すべては、実行できるのですよ。安心しなさい。欲望の力は、理性よりも、感性よりも、すばらしい強力な破壊力をもっていますよ。欲望は、食糧からその力を得るのです。どんどん食べなさい。どんどん食べなさい……」

という回答者の言葉がいくぶんふるえながら流れていた。

私は立ち上がり、しばらくしてから、部屋を出た。

彼女の部屋をノックした。

そして入った。

彼女はねぼけた顔をして、

「もう、朝ですか? おはようございます。今日の、予定は、……秋篠寺と唐招提寺と……。ええと、それからそれから……」

とさかんに机の上のものを見ていた。

「ミカコ椿姫。まだ、深夜の二時だ。ちょっと、目がさめてしまったので、君のその、温かい心にふれにやって来たのだ」

彼女はまだねぼけていて、

「先生。服を着がえてください。私もすぐ着がえますから」

そう言って、パジャマをぬぐと、服を着始めたのだ。

私は乱暴にその服を取り上げて、

「こっちの服にしたまえ」

と言った。

4

翌朝、二人はテレビを見ていて驚きの声を上げたのだった。

法隆寺の百済観音像に何者かがいたずらをして、その顔立ちが変化してしまっている、という発見があったからであった。

なぜ百済観音像がいとも簡単に夜中のうちに、何者かの侵入を許し、短時間のうちに、ほほえんでいる表情に変化させられてしまったのであろう？

「美術愛好家による、変質者的な犯罪です。許されるものではありませぬ。人々に申しわけない。ただ、その一言です」

私たちは口をあんぐり開けたまま、ただ黙って、意味もなく息を長いあいだ止めて見ていたので、苦しくなり、深呼吸をした。

「大変なことになったぞ。高木君。どうしよう？」

「落ち着いてください。先生。もう事件は起きてしまいました。私たちが予想していたとおり、事件はあっという間に、起こる時には起こってしまうものです。しかたのないことです」

「……だって、昨日、あの場所で、あの白壁のもとで、僕たちは素敵な二人だけの密談をしていたのだ」

彼らは像をまるで自分の作品のように、自由に作り変えてしまったのだ。

テレビに映し出された百済観音像のほほえみは、空虚でうつろなものであり、もう以前のような、強い意志を持った、一人の人物のさわやかな話し声のする口もとも失われていた。

　私たちは事件の経過を知る必要があると思い、寺へ向かったのだ。

　ところが寺へ通じる道路は、すべて通行止めとなっており、警察官たちが立ち、一般の人々は通行できないようになってしまっていた。

「高木君。無理だ」

「先生。捜査はあきらめてはいけません。0101。あなたはいつもその消極的態度で、私の心をいらだたせる。よくない。もっと、積極的にぶつかるのだ」

　私はもう歳をとっているので、彼女のように、好奇心も旺盛ではなく、事件の解決に向けて、自分の労力をもっともっと使おうとも、もうあまり考えなくなってきていた。だから、彼女とは時おりこのように、歯車がかみ合わないこともあったのだ。

「先生。あの警察官に私がウインクをしますから、そのすきにクルマを発進させてください」

「よし、わかった」

「ウインク！」

　私たちは若い警察官の横を通り過ぎ、風のようにその厳重な警備の中を、斑鳩の田園地帯の複雑に交差した道路をひた走り、寺の近くまでやって来たが、ふたたび警察官に停止を命じられた。

「ウインク！」

私たちは二人でそろってしたが、今度は効果がなく、ついにクルマを降りた。

「私は０１０１ですよ」

「私は０２０２ですよ」

「なんですか？　それは。なにかのサービス会社の、電話番号ですか？」

私たちは熱心に寺と私たちとの関係を説明したので、住職に伝えてくれて、やっとの思いで通行を許可された。

住職は真っ青な顔をして、やつれた心労のあとを、その高貴な歴史ある寺の五重塔のように、私たちの狼狽ぶりに比べても、他人には少しも見せないように努力しているのがわかるのだった。

彼はおだやかな中にも、強い冷静な心で、事件の様子をくわしく語ってくれたが、けっして百済観音を見せようとはしなかった。

「見せてください」

「だめです」

「見せられないほど、整形手術のあとはすごいものなのですか？」

「いいえ。そんなことではないのです。彼女にはしばらく人々の目の届かないところで休ませる必要がありますので……」

「まるで人間のようですね。どうしてなんですか？　なにかまだ隠していることがあるのではないのですか？」

「いいえ。何もございません」

「よし。わかった。どいてください、住職」

私は強引に住職をつき飛ばして、前へ進み出た。

すると彼は背後から私をはがいじめにして、プロレスラーのように、きつく体をひねり始めた。

私は以前レスラーに弟子入りしたことがあり、これくらいのわざでは負けなかったので、体をたくみに動かして、住職の衣をマントのようにひるがえし、見事彼から脱出した。

「待たれい！」

「高木君。タッチ！」

高木君は名コンビらしく、住職の足にタックルして、一回転半彼を床になぎ倒した。

こんなことでは負けるはずもない住職が、高木君のか弱い胴体を、片手で持ち上げてしまい、仁王立ちになり、そのまま私に向かって投げつけてきた。

私と高木君は体重が合計で百二十キロほどになってしまったので、大きな音を立てて、床にくずれ込んだ。

しかし私はこれほどの力が出るとは考えてもいなかったのだ。

突然、ダッシュして、一直線に百済観音に向かったのであった。

彼女はいつもの所に立ち、おだやかに時の過ぎていくのを見守っていた。

私は見てはいけないものを見てしまった。

思わず手の平で、両目をおおった。

そしてあとずさりしていった。

高木君は何を言っているのかまったく意味不明の動物的な奇声を発していて、驚きながら、あたりを走り回った。

多くの寺の関係者や、警察の人たちが彼女を静めようとしていたが、彼女は女性特有の、ヒステリックなわめき声とともに、滑稽な踊りのような、ニワトリが急いで走り回っているような、そんな変な感じで、あたりを動き回り、やっと冷静になると、今度は笑い出してしまった。

誰が見ても、正常な精神を失った人の姿であり、重症の末期症状の、廃人になるすんぜんの人間の愚かな魂の叫びが、彼女の心の奥底からわき起こってきているようであったのだ。

私は心配になり、彼女を力強くとらえ、押さえつけようとしたが、その鋭い爪で、私の顔面を引き裂いてきたので、

「痛い、高木君。しっかりしろ」

と、血を流しながらも、彼女を抱き続けたのだ。

周りの人たちも、いつしか二人を取り囲み、さらに、やさしく一人の警察官は、彼女の体を楽になるように、背後からそっと胸を開かせるように、自分のひざにゆっくりと背骨をそり返させて、正常な姿勢に戻そうとした。

やっと彼女は落ち着いてきた。

「……みんな、どうしたの？」

私はそんな高木君が、いつしかしっかりと片手ににぎっていた百済観音像の小さなかけがえのないプラスチックの模型が、真赤に血で染まっているのを見た。

ゆるやかにその木像の円型の胴体を輪切りにした断面は、ほんのりと木の香りが漂ってきて、水分の通り道であった、細かい細胞の数々は、古くなった年月の過ぎたあとのもだえ苦しんだミイラのようであった。

このように木像は、人の手が加わることにより、人工の最高の創造物になり、巧みな金属の刃先は、すべるようにその肌をなでまわし、一度人間たちの目の前に現われた木像は、彫刻の中でも、ひときわ親しみを込めて、冷たい感情を温かみのある感情に変えてくれる。

植物のなきがらは、土に還るまえに、人々の心に最後の感情を植えつける。

風にそよぐ葉はないが、木像の立つ場所には、風がそよぎ、人々の吐息がうず巻く。

私は数々の木像彫刻を見てきたが、たとえそれらがブロンズや石や金属であっても、同じように愛してやまないのだ。

私の心の旅は、彼らとともに、過ぎていったのだ。

「高木君。あの、涼し気な目もとを見たまえ。あれこそ天平文化のまぶしい目を細めている表情だよ。あれくらい君も目を細めてごらん」

「こうかしら？　何も見えませんね」

「心で見るのだよ」

「見えません。心には目がついていません。目というものは、心の窓なのです」

私は思い出すのだ。こんな時もあったのだ。

いつのまにか彼女は私とともに心の旅を続けていたのだ。

ああ、なんという罪なことなのであろう。

私は深い反省とともに、喜びを感じるのだが、これもむなしい二人だけの奈良の旅の感傷にすぎないのだろうか。

私たちは法隆寺の事件の日、スケジュールがつまっていたので、ゆっくり寺の配置図などを眺め、犯人の侵入ルートを確かめることはできなかったが、だいたいの見当はついていたので、あとで警察の人たちが少なくなってから、こっそり調べてやろうと思っていた。

私たちの組織（組織については詳しく記さない）は、シグマという名の上官がいて、こいつがまったく嫌な奴で、私にことごとくつらくあたる。

シグマは私のことを、早く退職すればいいと思っているので、退職金のことばかり口に出して、ああでもないこうでもない、と言っては、私の能力低下をさげすむのだ。

シグマは嫌いだ。僕は彼の命令に従わなくてはならないので、表面上はおとなしくしているが、機会があったなら、彼の苦手な芋虫の天プラを食べさせてやろうと考えているのだ。

「先生。恥ずかしいところを見せてしまいました。私としたことが……。あんな私を見て、嫌いになったでしょう?」

「いいえ。僕は君のその裸の気持ちを素直に出す性格に感動した」

「そんなことを言って……。昨夜のことを思い出しているのでしょう?」

「昨夜? 昨夜なにかあったかね?」

「一緒にお風呂に入ったことですよ」

「え? そんなことがありました?」

「それから、先生。ねぼけて子供のように私の部屋に入ってきて、女の子みたいに、私を着せ変え人形のようにして、服を着させていたでしょう」

「あれは、僕は、はっきり覚えているが、君が、情事の時の娼婦のようになまめかしくしていたから、興奮してしまって、服を着るように言ったのだ。誤解しないでくれよ。僕は何もしてはいないぞ」

「そうだったんですか? つまらない」

私は勇気を出して彼女の運命を自分のものにしてしまおうと決心していたので、彼女の美しい横顔に、春風が幸福を運んできているのがよく感じられた。

クルマの携帯電話が鳴り、彼女が出たが、すぐに私に受話器を渡した。

「奥さんからです」

私は耳に当てた。

彼女は急に窓を開け、外ばかりを眺め続けていた。

私は妻には高木君を連れて奈良へ来ていることを秘密にしていたので、まずいと思ったが、妻はすばやく知り尽くしてしまって、さかんに高木君に替われと言った。

しかし私は今ここで高木君と妻とを会話させたならば、とんでもないことになってしまうと思ったので、

「今、彼女は、用事で外へ出ていった。君も知っているだろうが、奈良は新緑の美しい春だ。高木君は新緑を見に行ってしまったのだ」

と言いわけをした。

しかし妻は、クルマに乗っている二人を許すはずもなく、

「私の知らない所で浮気をして、私は許しません。そのクルマは二十秒後に事故に遭います。さようなら」

と電話を切ってしまった。

高木君はまだ外を眺めていた。

突然目の前に対向車が車線を越えてぶつかりそうになって接近してくる。

私はあわててハンドルを切り、ぎりぎりのところで、対向車をかわした。

「妻は君のことをよく知っているぞ。側室として正室にはていねいにあいさつをしなさい。いいですね」

「はい」

「妻は老齢で、君のほうがずうっと若いのだから、なんでもはいはい、と言って、素直にふるまっていればいいのだ。それで妻も、満足できるのだ」

「でも、心配ですわ。うまくやっていけるかしら?」

「妻は狸座だ。君は狐座だ。木の葉に変身する術を身につけている二人なのだろう?」

「奥さんは、非常に厳格な方だと聞いています。私などは、平凡な家庭に育った娘ですから、きっと、いじめられますわ」

「僕たちの関係は、まだ清らかなままなのだ。妻にいろいろ言われる筋合いはない」

「いいえ。女というものは、その清らかさに腹が立つのです。私は早く先生に抱かれたい。そうすれば奥さんだって、もう、開き直って、私に対して、側室の手ほどきを教えてくれるかもしれない。私は奥さんよりも上手に先生に甘えられるようになります」

私は新緑の風景が過ぎていく車窓にうつる彼女の服が、同じ新緑の色であることに気づき、二人の旅は季節の中で樹木のように成長している、やがて季節はめぐり、新しい夏から秋にそして冬、次の春の訪れとともに、旅はめまぐるしくくり返し、そのたびに私たちは衣服をぬぎすてていくのだろう、と思った。

秋篠寺でも法隆寺の事件の噂は人々の口にとりかわされていた。

それでもこの寺には、事件を忘れさせる静寂が、ふり向けば木々の葉かげからゆるやかに流れていた。

私は秋篠寺でこれまでの研究の集大成である、仏教美術の論文『秋篠寺の光と影』を執筆するために、よく事前に寺のことを観察しておく必要があったのであった。

まるで今日から明日へ続いているような石段を登り、ななめ後ろによりそう高木君の足音をかすかに耳に残し、私は何度となく訪れた寺の苔むした庭をたどり、やがて忘れていた記憶を思い起こすように、仏像の前に立った。

彼女はやさしく私を迎えた。

私はあいさつをかわした。そうして彼女がいつまでもたたずんでいる、ほの暗い場所から、光がわき上がるのを見た。

それは彼女の仏像としての光であり、ただそこに立ち、永遠の日々よりも短い人々の一生を眺めてきた、彼女だけの愛に満ちた、光の集合だった。

私はまぶしいと感じたことは一度もない。

光は仏像の表面をすべるように、反射し合って、やがて寺の外へ走り出ていったのだ。

影は残されて、仏像のまわりで、ひっそりと静かに光を見送った。

私たちはこの寺の有名な仏像に対して、殺意を抱いたが、限りない人生を送るためには、それくらいの暴力的な感情は、ちっぽけなものであると、彼女を見ていて思うのだった。

高木君はめずらしくていねいに周囲の様子を観察していたが、法隆寺よりも春の光は、たえまなく喜びに満ちてふりそそいでいたのだ。

「……不思議ですね。私には、声が聞こえる。私をそんなに苦しめないで、と」

「君は想像力が豊かだから、そう聞こえるのだろう?」

「いいえ。確かに聞きました。彼女の声は低い、そして、かすかに鈍い、かすれるようなつぶやきでした」

「君は朝からおかしいよ。法隆寺でも、あんなにとり乱して」

「ええ。この頃、変なんです」

私は彼女は若過ぎるのだろうと思った。

私だって長い時間このような場所で深い思いをめぐらしていると、ちょっと明るい体育学部の人たちの、いっぱいの汗がうらやましくなる。

「そうだ。高木君。今日は、予定をとりやめて、君の好きな、テニスをやろうか？　僕がよく行ったところがある。そうしよう、少し気分を変えて、リラックスしようじゃあないか」

「そんな余裕があるのですか？　事件も起こりましたし、そんな贅沢をしている時間などいったいどこにころがっているのですか？」

「いいじゃあないか。たまにはそうするものさ」

「はい」

私たちはいそいそとテニスクラブのある東の方角へクルマを飛ばしたのだ。

私はいつもクルマのトランクに、卓球セットと、バドミントンセットと、野球ボールとグローブと、テニスラケットなどを積んでいて、必要に応じて、相手の好みのスポーツに誘うのであった。

たいてい女性だと、テニスや水着をほしがるので、そのような衣服もちゃんとそろえて積んでおくのであった。

こういった私の準備のよさは、なにもプレイボーイを演じているわけではなくて、研究者としてのたしなみであり、それだけに仏教美術は奥の深い学問なのである。

球技のものが多いが、これはボールを扱うスポーツは、広い空間を必要として、そのような広い場所で体を動かしていると、なぜかボールが霊《れい》のように見えてくるからである。

霊とはあの世の魂であり、やはりかたときも私は、宗教的なことから離れられないようなのであった。

高木君は白いテニスをするための服装に着がえて、コートに立ったが、私はその彼女が、サングラスをかけているのが気になった。

なにか不満があるのであろうか？　私が老齢なので、こんな私とプレーするのが恥ずかしいのであろうか？

彼女のサーブは速度百二十キロメートルで私を襲った。

私は強引に打ち返し、それは十回ほど続いたが、私のミスでボールはコートの後方へ転がっていった。

「先生。下手くそ」

「うるさい」

私たちはこんな時でもやはり時々訓練されていた、敵を追いつめて、十分射程距離に近づいてから、確実に殺傷するという、陰湿な攻撃的方法が出てしまい、いきなり前方へ出て、あらぬ方向へボールを投げ捨てるように打つ作戦が、二、三度出てしまった。

「先生。そんなにむきになってやるのはやめましょうよ。楽しくやりましょうよ」

「うん」

それからはゆっくりと、正月の羽根つき大会のように、のんびりと二人でまるでボールを正確に打ち合う機械になり、ついに百回ミスすることなく続けて打ち合ったので、満足して、私はいきなりスマッシュを決めた。

すると彼女は、待ってましたとばかりに、すばらしいテクニックを見せて、そのボールを超高速で、私の股間をトンネルとまちがえて正確に通過させてしまったので、私はやっぱり高木君はすごい、あれだけすばらしいプレーを出来るのだから、やはり私の愛人だけはあるぞ、と思った。

いつのまにかサングラスをしていなかったので、どこに置いたのだろうときょろきょろしていると、私の短パンの後ろにさし込んであったので、

「あっ、高木君。ずるい。これはルール違反だ。僕が気づかないうちに、君の魔の手は、僕を襲ったのだ」

そう言うと、どっと疲れが全身に重くのしかかり、よろよろとベンチに座り込んだのだった。

高木君はそんな私をほうっておいて、隣のコートでさかんに彼女を呼んでいる男性のほうへ行ってしまった。

「ちくしょう。浮気者」

その男性ときたら、長身で、格好よく、まるで僕とは正反対の、二枚目の若者であったのだ。

「高木君も、こんな時は若者に戻るのか……」

私はさびしいような、うれしいような、複雑な気分のままスポーツドリンクを飲み続けていたが、すでに缶の中身は空になっていて、空気を飲み込んでいたので、ゲップがさかんに出た。

しかしあんな親しげに会話をしていて、まったく初めて出会ったにしては、妙になれなれしいではないか。

僕と高木君の初めての出会いの時は、それはもういういしい見合いの席での、無口のにらみ合いのようであった、若者同士だと、ああなれるのか、すばらしい。

私はしかし高木君は自分のものだと信じていたので、少しぐらいのああいう色目使いは、許してもいいと思っていたのだ。

ところがその男性は、相手の男性を休ませて、彼女と再びボールを打ち合い始めてしまった。

私は、おいおい、話が違うぞ、高木君の相手は、この俺なのだ、これではまるで私はいじけた一段低いレベルのプレーヤーだ、彼女はより強い選手を求めて、優勝のために進軍したのだ、年齢制限をもうけるべきだ、そんなふうに思ったのでした。

男性は最初はやさしく相手をしていたが、しだいにいじわるなボールも返すようになり、さかんに高木君は、前後左右にふり回されるようになった。

私は胸がむかついてきて、しかしここでがまんをしなければ、この先どんなこういった彼女のためにふり回されることが起こるかわからない、じっと耐えて、彼女の自由奔放な行動を見守るべきだ、そうゆったりとかまえる必要を改めて感じたのであった。

彼女も負けてはいなかった。時々すばらしいボールを返球し、相手はちょっと困惑した表情で、顔をゆがめ、歯をくいしばり、唾をコートにはき、涙をふき、汗をふき、やがて完全に彼女のペースに巻き込まれてしまった。

やはり高木君はすごい。天才である。彼女には、男性をとまどわせる才能がある。プロのテニスプレーヤーとしても立派にやっていける。

ぜひプロテニス界に進出するべきである。

私は彼女がウィンブルドン大会で、私のためにコートから、

「先生。勝ちました。先生。勝ちましたよ……」

そう叫んで、テレビカメラが私の顔をアップに映し出し、私はこわい顔をして、涙を流している姿を思い描き、なんて私はめぐまれた人生なのであろう、私の人生はこのウィンブルドンの芝生のコートから始まるのだ、私はコートに飛び出していく彼女と抱き合う、人々は拍手をおしげもなく送る、私たちはそこで長い接吻をかわす、観客は熱狂し、物を投げる者も現われる、その一つが頭に当たる、私は笑って頭に手をそえて、コートを去っていく、彼女は女王のように皆に手をふって答える。謎の美術研究家おおいにウィンブルドンではしゃぐ、そんな新聞記事を想像した。

はかない夢物語であったが、白黒映画の映像のように、チラチラと目の前を通り過ぎていった。

ふと見ると、彼と彼女は抱き合って、お互いの健闘をたたえ合っていた。

彼の片手はすでに高木君の一部をやさしく大胆に自分の所有物のように、ソフトタッチで包み込んでいる。

高木君も彼にすべてをあずけて、その汗の噴出した、肌をおしげもなく彼に近づけている。

さわやかなスポーツマンの二人のカップルの出来上がりであった。

彼らは私のほうへやって来ると、

「はじめまして。OOOOです」

と、男は言った。

5

彼女はこの時から見違えるように元気になってしまって、これまでの心から私を慕っていた態度は、がらりと変わってしまい、職業的なていねいな様子で、いちいち私にむずかしい顔をして、冷たく言葉少なに接するようになった。

私から見れば、あまりに露骨な嫌な感じの変化であり、もう彼女はけっして私のことを、親しい愛人関係のおじさんとして、認めていないようでもあった。

それればかりか、これまで一生懸命私のために書き記していた、そして自分のために書き記していた、奈良の旅の、美しい記録も、いいかげんにしているようで、その机に向かう時間も、短くなっていたのだ。

しかし私たちは先生と生徒という、非常に重要な、親子関係よりも、ある意味では特別な間柄であったので、やはり旅のあいだの親密なやりとりは、これまでどおり行われていた。

その日はいつもの旅館に帰り、同じように別々の部屋で、勝手に自分だけの時間を過ごし、仕事の整理をして、私は早めに寝てしまった。

ところが彼女は、そんな私が目を見開いて、天井の木目をぼんやり数えていると、ドアをトントン、トトトン、トントト、と妙なリズムをとって、楽しそうにノックしたのであった。

「どうぞ」

私は無愛想に返事をしたが、そのまま布団の中で、体を固くして、また天井の木目を数えていたのだ。

彼女は入ってきたが、薄暗い室内で、ぼんやりと浮かんでいる姿は、まるで生き生きとした修学旅行の生徒のようであった。

「早く寝なさい」

私は先生として言った。

「今日は、いろいろなことがありました……」

「……」

私はやっと起き上がり、薄暗い中で、彼女を見たが、なんて無邪気な女なのであろう、それに比べて私のこのひねくれた様子はなんだろう、まったくどうかしている、どうにかなっている、と感じた。

彼女は布団の中に入ってきた。

私はやさしく横になった彼女のわきに平行に棒のように、真っすぐになって、その一メートル七十四センチの体を倒した。

「……ところで、百済観音の事件は、大変な事件の前ぶれにすぎないのだ。これから、もっともっと、想像もつかないような事件が起こるだろう」

「……あの時私はもうこれで自分は死ぬのかと思いました。苦しくて苦しくて、誰かに首をしめつけられている感じだったのよ」

「僕の頬の傷は、じゃあ、椿姫の思い出になるところだったのだ」

「私はでも死ななかったのだから、この傷あとは、一生残って、私を苦しめることになるのかしら？」

「そうだといいねえ」

「先生。おならをしないでください。くさい」

「僕は、緊張すると、すぐ出るんだよ」

「緊張しているのですか？」

「ああ、そうだよ」

「ところで、……○○○○と明日から行動をともにするので、先生、明日から一人で唐招提寺と、M寺、S寺、K寺、H寺……。それらへ行ってよくお勉強してきてくださいね。
○○○○はあまり仏像などには興味がなくて、捜査のことだけに精神を集中して働く、たくましい男性ですから、私はもっともっと乱れてしまいそうですわ」
「乱れる?」

「先生は少しも乱れませんね。どうしてですか?」

「僕は余裕を持って君と接しようと思っている。だからこんなに紳士的なのだよ」

「ところで、この百済観音の小さな模型なのですけれど、じつは、法隆寺の前の道路でひろったのです。なにか捜査のてがかりにならないかしら? きっと、犯人は、この模型をよく見て、実物を確認した、そう私はひらめきで考えたのです。犯人はきっと、用心深い人間ですよ」

「高木君。すばらしい。その模型を売っている商店は、限られているぞ」

「ええ。だから、明日、○○○○と手分けして、徹底的にこの模型を買った人物を洗い出してみます」

「高木君。椿姫。ミカコ。……もう寝てしまった」

私はそっと布団をぬけ出して、隣の彼女の部屋へ行って寝た。

あくる日、私は一人唐招提寺へ向かった。

久しぶりに訪れるこの寺は、私の思い出のなつかしいアルバムに、さりげなく数枚残っている。

それは若かりし頃、私のプロレスラーを夢見ていた頃の裸のトランクス一枚姿の、寺の柱を力を込めて押している堂々とした体格の数枚であった。

私はこれを撮るために、危険を冒して、やっとの思いで友だちにフラッシュをたいて私の油をぬった肌が光り輝くように、凛々しい横顔がまるで闘志むき出しの、栄光のチャンピオンベルトを高々とかざしているレスラーの満足気な、そしてホッとしている、その時のために練習に励んでいる、そんな表情の青春の唐招提寺の光景であった。

このあと私は逃げるように寺をあとにしたが、カメラマンであった友だちは、つかまってしまって、そのあと三日間行方不明であった。

数ヶ月後私は彼と再会したが、彼は頭を丸め、髭もきれいに剃り、言葉遣いはていねいになっていて、明らかに唐招提寺の影響を強く受けてしまったようであった。

私はこの頃は、レスラーになる夢のほうが強かったので、仏教美術を専攻していたが、この寺の柱は西洋の、ギリシアの円柱に似ていてどことなく印象にあった、そこでレスラーと学問を天秤にかけて、このような暴挙に及んだのであった。

これ以来私の道は決まったのだった。

レスラー。

私は道場の門をたたいた。先輩たちは温かく迎えてくれたが、中でもその頃有名であった××氏は、

「おまえは、レスラーよりも力士に向いているぞ。知り合いの相撲部屋を紹介してやるからちょっと来い」

と言われ、行った。

ところが力士たちは、

「おまえは、レスラーに向いているぞ」

と言い張るので、再び道場へ戻った。そして激しく練習の日々が始まったが、「おまえはやはり、力士のようだ」と、××氏は言い続けているので、ついに癇癪を破裂させて、引き上げてしまったのだった。

その後私は、増光《ますひかり》、という名を自分でつけて、完璧な必殺わざ、横くずし十文字

その後押さえ込み、髪つかみパンチ足ばらいそして上手投げ、など、数々の技を考えついた。

そして美術に関する私のノートは、まるでレスラーや力士たちのような仏像の模写でうずめ尽くされた。

私は思った。人生は長い。回り道は多い。王道は王様だけが通る道ではない。王様がいない時、庶民も通る。

私は私だけの道をこつこつと人に知られないように作り自分だけで通ろう。

こうして私の人生のスタートは切られたのだぞ。

唐招提寺へ向かった私は、いつも横にいた高木君が、消えてしまい、物足りない思いでいっぱいであったが、寺に到着し、数々の像と対面すると、かえって彼女のいないほうが、軽快に事は運ぶと思った。

春風がかすかな香りを流していた。私はこれはその昔、平家の栄華の時代に、平清盛などが奈良の地で、遊興した時にも吹いていた香りだと感じ、東大寺の大仏を焼いた清盛の行動は、まさにレスラーのような、勝負にこだわり過ぎた結果起こした、悪役レスラーの、火の出るような道具を使用したプレイのようなものに思われ、清盛は悪役を演じさせると、育ちのよさから、仏像さえも簡単にこわしてしまう、窃盗グループよりも金銭的感覚が欠如している、と思ったのだった。

私は平氏は源氏よりも貴族化してしまったので、滅んでしまった、という意見には賛成しかねるのだ。

平氏は源氏の勢いに押されたのだ。

チャンピオンベルトは挑戦者の手に渡ったのだ。

平氏も源氏も、押し相撲ばかりしていて、最後に水が入ったのだ、こんな理路整然とした意見を持っているのだ。

海に沈んだ平氏は、もう陸に上がれなかった。

ただそれだけのことなのだ。

風薫る季節に、私は奈良を訪れたが、燃えるような緑の木々は、一年ぶりに成長をまたすくすくと始め出したように、幹を風に揺らしていた。

唐招提寺の思い出の柱に立ち、よく見つめると、手のかたちがぼんやりと浮き出ていて、私は自分の手を、そこに合わせてみた。やはりピッタリ一致したので、わけもなく、現場検証に立ち合わされた、犯人の気持ちがわかるような気がした。

「こら、お前。やっと、捕まえたぞ」

いきなり首根っこを後ろから強くしめつけられて、私は、身動きが出来なくなってしまった。

執念の捜査というものは、このように突然実を結ぶこともあり、やはり私の過去は、この寺のように永遠であると思った。

「許してください。もうけっしてしませんから。許してください」

「いい歳をして、恥ずかしくないのか？　お前の顔には、煩悩が数限りなく表われておる。こんなことではあの世で苦労するぞ。心を入れかえて、女人を遠ざけ、高木君を自由解放し、妻のもとに潔く帰るのだ」

私の体はふるえ出した。何故、彼女のことを？

「驚いているな。すべては知り尽くしておるのじゃ。お前のそういうわがままは、寺では通用しないのじゃ」

私は一層ふるえが止まらず、ついに悲鳴を上げて、その場に腰くだけ状態に入り、うつろな目は、宙を舞い、口からは血を吐き、だらしなく地面に顔面から突っ伏した。

「フォール。一本勝ち」

その声には聞き覚えがあった。あいつだ。

「お前。こんなところで何をしているのだ」

「すまん、すまん。僕も思い出のアルバムを思い出して、久しぶりに来てしまったのだ。すまん、すまん」

彼は柱からシートをはがした。

「昨夜の、法隆寺の事件は、鑑識課の僕としては、非常にむずかしい局面に直面している」

「そうかい。高木君は、今、犯人の持っていたらしい、百済観音像の模型を買った人物をさがすため、聞き込み調査中だ」

「勝手に暴走しないでくれ。くれぐれも注意したほうがいい。彼らは、邪魔する者は、容赦なく消していくグループだ。たとえ000と一緒でも、高木君のような、うれいをふくんだ女性は、彼らは仏像のように容赦しない」

寺は昼の観光客たちの数を増やし始めていた。

私は寺にそって続く道を彼と歩いたのだ。

6

なだらかに下る坂道を私と高木君は、黙ってもう十分以上もじっと相手の言葉を待って、風の音に耳を澄ませながら下っていった。

こうした沈黙は二人にとって、自然であったが、少しも窮屈ではなかった。

私は彼女にとってとてもよい男性であり、彼女は私のよい相棒だったからであった。

そのため時には喧嘩のきざしも、笑顔とともに皮肉な引きつった筋肉の痙攣がやさしい二人の感情を思い起こして、静かに冷たい欲情の高まりを一気に激しく上昇させて、相手の性的興奮が最高潮に達した時、二人とも奴隷のように、貧しい食事にありつくように、お互いの体をむさぼって、そして悲しい目をして、和解する二匹の雄と雌を演じたのだ。

どうせ男と女は、わかり合えはしないのだ。

だから僕たちは、別々にいつも寝た。

坂道は名も知らぬ寺に続いていたが、僕たちは、地図を取り出して、そこが有名な寺であることに気づき、うっかりしていた僕たちの知識を恥じた。

「……ここで何をするのですか？　また、神と仏にひざまずくのですか？」

「君は、もう、あきたのだろう？」

「いいえ。先生のためならば、どこまでもおともしますわ」

「熱心に見るんだよ」

しかし彼女はもうあきてしまって、さかんに寺の外の、涼しそうな木の影で、テニスの素振りの仕草をしていた。

私はあと一つの仏像を見るために、奥のほうへ向かったが、闇のような室内で、彼女のあくびをしている顔を想像して、急に怒りが込み上げてきて、「僕などは、たんなるアクセサリーなのだろう？　僕だって、君などは、たんにアクセサリーと思っているのだ」

そう思った。

それでも熱心に仏像を観察した私は、しばらくしてから、外へ出たが、その時はもうあの怒りは消えていたのだった。

「待たせたね」

「いいえ。もっと、ゆっくり見てくればいいのに」

「さすがの僕も疲れた。もう今日は神社仏閣をめぐるのはやめよう。なにか暗くなってしまった」

「そうですか？　先生のために、こんな詩を作りましたよ」

　彼女は読んでくれた。

「……坂道。遠い丘に向かう坂道。

　人ひとりいない坂道。

私たちは、黙って歩く。

鳥のさえずり。木のざわめき。

坂道。遠い丘に向かう坂道。

あなたはなぜ、私よりも先に歩くの？

坂道は下り坂。あなたはそうして上り坂にさしかかった。

私はあなたを追い越した。あなたは汗をふいた。

私は先に歩いた。どこまでも。どこまでも。

坂道。遠い丘に向かう坂道……」

「……」

私はどう理解していいのか迷った。

乙女の感傷が純情な心に、せつない断絶の壁を作ってしまったのであろうか。それともシンプルな二人の散歩の風景なのであろうか。

「高木君。真面目な顔をして、いったいどうしたんだい？　君は詩人だね。僕はよくわからないが、どことなく、さびしさもある」

「先生。……側室といったって、めかけでしょう？　人はどうせ私のことを、変な目で見るのだわ」

「やめろ。そんな言い方は。他人の目など気にすることはないのだ。そうだ、高木君。シャネルの服を買って上げよう。君はそれともジバンシーのほうがいいかな？　サンローラン？　グッチ？　フェラーリ？　アルキメデス？」

「もうやめてください。そんなに無理をして……。私は何もいりませんわ。先生の愛がほしいの」

「愛などはむなしいものだ。金はかたちがあるぞ。よく目で確かめられるぞ。愛などすぐに消えてしまうものなのだ。僕は愛は信用してはいない。お金があってこそ、愛は育つものなのだ」

「先生。こわい。その言葉は、とてもこわい」

「僕はこわい人間なのだ。どうだ。高木君。君はおびえているな。そんなことでは、僕に勝つことは出来ないぞ。高木君、僕はこわい人間なのだ」

彼女はつまらなそうに、足もとの小石を蹴飛ばした。

私は心からそんな彼女がたまらなく美しいもののように感じられて、二人の関係は需要と供給のバランスのとれている、経済的に安定した社会の一員のように思われたのだ。

そんな高木君が窃盗グループにより拉致されてしまい、不思議な要求が警察のもとに届いた。

「……我々は、0202と交換に、秋篠寺の仏像がほしい。拒否した時は、彼女は帰らないであろう……」

一緒に同封されていた写真には、高木君のあわれな裸体が写っていた。

それはロープで縛り上げられた、マゾ的なくずれ落ちていく後ろ姿であったのだ。

こうしたいまわしい犯行は、実行グループの冷酷な、涙も見せない、理性的な犯罪にみられるものであり、彼らはかなり冷静に、これらの事件に関与しているものと警察では考えた。

しかし彼らは、人間の仮面を被った畜生のように、その動物的異臭を放ちながら、宗教の深い聖域にまでも、土足で侵入してくる、戦争犯罪人の政治家の、権力に酔っているような子供の一面も感じられた。

高木君はなぜ彼らの手にとらえられてしまったのか、私は残念でならなかったが、きっと彼女のことだから、窃盗グループに近づきすぎて、安心してしまい、

「君たち、ほほえみの表情は、百済観音には似合わないよ。君たちは、下手な整形科の医者のようだねえ」

などと相手を挑発してしまったのだろうと思った。

私は無事彼女が戻って来ることだけを願っていた。

悲しいことに奈良の旅は地獄の底へ突き落とされた、死者たちの亡霊により、最悪の旅となってしまったのだった。

唐招提寺を去った午後に知ったこの事件は、私の心を深く沈ませたが、私は希望を持っていたのだ。

それは高木君はとても忍耐強く、少しぐらいの暴力的な制裁にも、がまんしてじっと耐え、肉体の破壊されていく音を聞きながらでも、歌を歌い続ける変な癖を持っているると、上官のシグマから聞かされたことがあったからであった。

「彼女はね。私が、腕をつねっている時も、鼻歌を歌っているんだよ。私は頭にきてしまって、さらに、つねり続けたのだが、いっこうにやめないのだよ。僕は彼女は皮膚に神経が麻痺してかよっているのではないかと思い、心配になってきてしまい、やめたが、赤く腫れ上がっている腕は、充血して、痛々しかった。痛くないのか？　彼女は答えた。心頭滅却すれば火もまた涼し。これは甲斐の国に、戦国時代末期、織田軍が攻め込んで、恵林寺を焼き払った時に、禅僧たちが言った言葉だが、高木君はそんな感じで僕に語ったのだ。僕はあきれてしまったぞ」

風の強く吹く夜に、彼女は帰って来た。

私は彼女がグループから解放され、戸外へ投げ出され、勝手に缶ジュース一本をあとから投げられた、と語ったので、彼らは十分犯行を満足してやりとげたのだ、と思った。

彼女はその缶ジュースを飲みながら、暗い夜道を一人で明るい道路のほうへ歩いてきたのだ。

「彼らは何もしなかったのか？　写真は何枚も撮られたのか？」

彼女は黙っていたので、私はますます頭の中が混乱してしまい、おろおろするばかりであったのだ。

彼女はやっと重い口を開き始めた……。

「……彼らは全員外国人です。日本文化に非常にくわしい、美術の専門家のような人たちです。私は、彼らに接近し、仲よくなって、いろいろ調べようとしたのですが、ばれてしまったのです。それであんなことを彼らはしてきたのです。でも、すぐに、彼らは私を解放しました。彼らにとって私はお荷物なのです。殺してしまえば、本当は安全なはずです。私は彼らのために、もう捜査は出来ません。個人的な感情を出してしまってすみません……」

私は彼女にとってもよくないと思ったので、強くさとすように言った。「それはいけないぞ。やさしい感情は捨てるのだ。君はまちがっているぞ。もっと強くなれ。もっと強くなるのだ。君らしい反抗の精神で、彼らの裏をかいてやるのだ。それが窃盗グループに対しての恩返しだ。そうだろう。それが我々のルールだ。生きていく者の、涙のあとは見せてはいけない、という生きざまの本当の君らしい姿だ」

旅館に滞在すること、すでに一週間が過ぎていた。

このような彼女の帰宅を、想像もしていなかった私は、とまどいながらも、今後の彼女の行動に、ある種の規制が必要であると考えざるをえなかった。

私は初めて彼女のくちびるに指で触れた。

彼女は私のその指をくちびるにふくみ、大きく深呼吸をして、はき出した。

私はくちびるを重ねた。彼女は顔を横にふり、冷たい横顔を、じっと静止させ、私は頬に熱い思いをぶつけた。

私たちは予定を二日オーバーしただけで、東京へ帰った。

7

フランクフルトのある教会で待ち合わせをしていた私は、彼がいくらたってもやって来ないので、あたりをのんびり散策しながら、二、三軒先にある古びた石畳の道の角を曲がり、そっとそこから教会のほうをうかがっていた。

横を犬を連れた十歳くらいの男の子が、じろじろ私を見ながら通り過ぎたが、無関係なのにこうして街角にたたずんでいると、近所の小父さんと子供のように、親しみがわいてきて、私はむだだとわかっていたが、

「高木君を知っていませんか?」

と尋ねるのだった。

「そういう人は知りません。おい、お前も知らないだろう?」

彼は飼い犬にこんなことまで聞いて、笑って行ってしまった。

しばらくしてから私は教会の前に現われた一人の婦人が、周りを人をさがすように、何度もふり返りながら、やがて教会の中に入り、また出てきて、今度はこちらのほうへやって来るのを、無表情のまま見つめていた。

「……約束どおり、これが彼女のメッセージです。もう私は帰りますよ。つけてこないでくださいよ。むだですよ。彼女は私の家にはいないのですから」

「そうですか? 私は知る権利があります。高木君は日本へ連れて帰ります。そのために私はやって来たのですからね」

「彼女はあなたのことは知らないと言っています。しつこいですよ」

私はあきらめてメッセージだという紙切れを開いた。

婦人はそのすきに行ってしまったが、私はそっとあとをつけて、三百メートルほど行った所で、立ち止まった。

数人の男たちが、婦人を取り囲むと、なにかさかんに話していた。

私は彼らが窃盗グループの一味であると確信して、高性能カメラを向けて、彼らの顔をくわしく記録するためにシャッターを押し続けた。

どこにでもある、引きちぎれた広告の看板の絵が、どことなく哀愁の漂う、流行遅れの美男美女の、ありきたりのポーズをすましてとっていて、こんなものがなぜか気になるのは、私はよほど心が楽しいことに飢えているのだ。

街の通りの向こうには、華やかな場所もあるのだが、行ってみようとはとても思えなかった。

彼らはやがて婦人と別れ、去っていった。

私はまた彼女をつけたが、もうこれ以上知る必要もないと感じて、だいたいの見当をつけておいて、

「十三番地、西側のはずれ……。ベルト屋、ＯＣＥ」

とメモした。

なぜかベルトだけが窓の中に見え、他の物もまだあるのだろうが、黒や白や茶色や灰色の、さまざまなベルトが目に入ってきたからであった。

「婦人がやって来たのは、むだな情報を与えたくなかったからだ。彼はまったく慎重な男だな。これで高木君も安全にここで暮らせるわけだ」

私はメッセージという紙切れに書かれてあった文字が、たった四文字だったので、

彼女らしいやさしさに満ちている、多くを語れば私がどんなに傷つくかを忘れていなかったのだ、と思った。

「四面楚歌」

私は単純なこの文字が、彼女の今の立場を端的に表現していたので、いよいよ私が援軍として、強力な力になってやれることに喜びを覚えた。

しかし彼女は私に会いたくないと言っているのだから、はるばる日本から使命を帯びて、窃盗グループから高木君を救出する目的で秘密のうちに潜入した私は、複雑な思いを胸にいだいた。

高木君はみずから自分の失敗を恥じて、再び窃盗グループに接近し、彼らの実態を暴くために、スパイ活動を始めてしまったのであった。

私は高木君が去った日、このような重要な書類を残していった彼女に、あらためて深い同志としての尊敬の念とともに、女性の軽薄な、見境なしの個人プレーに、得体の知れない戦慄をゾッとするほど感じたのだ。

「……先生。長い間お世話になりました。私は幸せでした。短い人生でしたが、こんなに先生に愛されて、十分すぎる女としての有意義な日々を送れたと感謝しています。

私たちはあの日、法隆寺で、見知らぬ客の靴を見ましたね。黒と赤の二人の男女の靴です。

あれは窃盗グループの仲間が、私たちと同じ日、寺を訪れていたのです。

彼らはその手口が巧妙です。外国人であることを利用して、日本人のすきをつき、手品師のようにあらゆるものを、あっという間に交換してしまうのですよ。

彼らはすでに偽物を、忠実に限りなく本物に似せて作っておいて、交換してしまうのですよ。

大きな物でも、数人でやって来て、実行してしまうのです。

信じられないでしょうが、このような方法は、最も安全なやり方であり、また発見が遅れるので、犯行の証拠などは、残らないのが普通ですね。

数々の仏像修理、絵画の修復など、日本人も混じっているので、いつどこでどのようにすりかえられてしまっているか、現在でも気づかれていないものもあるでしょうね。

翌日、百済観音像事件が発覚しましたが、二人の男女は、こんなことを言っていたそうです。

『フランスの美術展にぜひ百済観音像を展示したい』

私たちはさりげなく見ると、美術品など、よくわかりません。

よくわからないところがその作品の価値のように思ってしまうこともありますよ。

先生。二人の男女は、すでに百済観音像をすりかえていて、犯人たちの犯罪心理どおりに、犯行現場をもう一度訪れていたのです。

私はいろいろなことを知り過ぎました。

あの日、〇〇〇〇は熱心に聞き込みを行っていましたが、私は、一人、先生のことを思って、せつなくなっていたのです。

本当です。

〇〇〇〇は確かにセクシーな立派な男性ですが、まだ十分私を待っていてくれる余裕があります。

ごめんなさい。

それはそれとして、あの日、私はついに百済観音像の模型を買ったという外国人が、偶然またその商店で、今度は、東大寺の大仏の模型を買っている現場に出くわしたのです。

あのばかでかい大仏の模型ですよ。まったく慎重な男性ではありませんか。

店員が、あの方ですよ、と言うので、私は心を入れ替えて、「ハロー、ハロー」と親しみを込めて、それとなく一緒に日本茶を飲むところまで誘っていったのです。彼は私の魅力にとりつかれてしまって、「コンニチハ、コンニチハ」と言いましたよ。

それから私は000に連絡しようと思っていたのですが、うっかりしていて、彼らの集合場所まで行ってしまったのです。

あとのことは言えません。

私は先生の面影を心にそっとしまい、彼らのもとへまいります。……

彼らは私をスカウトしていたのです。

椿姫より愛を込めて……」

私は巨大なソーセージを口にほおばり、異国の地で暗躍している高木君よりも、才能に溢れた自分の経験と知識を、最後まで信じていたので、必ずや窃盗グループをわが手によって、壊滅させてやると、決心を新たにしたのだった。

仏教美術はなにも日本国内にとどまらず、海外においても、その研究範囲を拡大させることができるのであり、キリスト教美術、イスラム教、などは、仏教美術よりも、進んだ合理的な開放感に溢れた感性を表現している。

私はともすると高木君の捜査よりも、また窃盗グループの追求よりも、専門分野である宗教美術の宝庫である歴史ある街に着くたびに、そちらのほうに関心が向いてしまい、さかんに膨大な量にのぼった私のノートは、一層鞄いっぱいにふくらんでいったのだ。

その後奈良における窃盗グループの活動は、ぴたりとやんでしまった。

やはり高木君の拉致事件は、彼らに日本にも優秀な捜査を行う人間がいる、という事実を再認識させ、一時休息状態に入ったものと思われたのだ。

私は思った。東大寺の大仏はまだ小指がついているのであろうか？

高木君は、あの犯人たちが使用した、模型の小さな百済観音像を、私に残していってくれた。

冷静さを失いあばれた彼女の手の中で、赤く血に染まっていた像は今も私の守り神のように、肌身はなさず私は身につけていたが、どこか犯罪者の影を背負ってしまったようで、高木君のように窃盗グループにスカウトされないものかとふと思ってしまったのだ。

所々に煙の立ち上がっている街の空は、夕暮れが近づいていた。

一人さまよう孤独な私は、それでも情報を得るために、美術品店や骨董品店をさが

し回り、少しもそれらしき彼らの姿が現われてこないので、あきらめかけていたのだったが、

「もし、もし。そこの人」

と、私を呼びとめる見知らぬ者がいた。

「0101。ウィーンへ飛びなさい」

「はい」

私は道具のように自由に扱われ、その日のうちにウィーンへ向かった。

私の人生はこのように何者かにもて遊ばれていた働くロボットであり、私生活は平均的な家庭生活も営まれていたが、道楽癖のある私は、ちょっと妻に頭の上がらない所もあった。

それでも妻子を養う甲斐性は、何年も持続してきたのであるから、他人に文句を言われることはないが、自由を求める男の性《さが》は、私に死ぬまで追い求めるものを、必要とさせているのだった。

オーストリア国内の廃墟のような中世の古城に、眠るような日本の仏像が数多く安置されているのが、偶然城を修理していた者に発見され、ひそかに私は、仏教美術研究の専門家ということで、オーストリア政府により呼ばれたのであった。

私は得意な顔をして、ウィーンの空港へ降り立った。

政府の関係者らしき人物が、私にそっと近づいてくると、

「こんにちは。あなたは△△さんですね？　そうでしたなら、証明となるパスポートと国際自動車免許証を見せなさい。そうです。すみやかに。よい心がけですよ」

とつぶやいた。

私は長旅の疲れが出始めていて、ただ機械のように、命じられるがままに、言われたことをしていたのにすぎなかった。

「この事件は、表に出さないように、注意して捜査しなければならないので、あなたが選ばれたのです」

「はい。わかりました」

「家族の人たちの生活は、わが国で保証しますから……」

「はい」

私はうつろな頭の中を、蝶々が、一匹楽しそうに飛んでいるのを見た。

8

精密機械のように無駄な動きをすることなく、私は古城へ向かった。

途中で眺められた風景は、まるで広々とした地平線の彼方までも続いていた丘陵地帯であった。

私は同行していた政府関係者が、さかんに煙草をすすめるので、一本もらって吸った。そして咳き込んでしまった。あまりにも辛い煙草であり、私の味覚はまだこの外国製の煙草に慣れていないせいもあり、車内の灰皿に吸いかけの一本を置いてしまった。

そしてふたたび口に運ぶと、気持ちよさそうに吸い続けたのだ。

なぜ私がこのような行動に出たのかというと、その一本の紙巻き煙草には、赤い口紅がほんのりとついていたからである。

「……とり返しのつかないことになってしまいました。重大な、国家の犯罪にもなりかねないことです。しばらく私は、夜も眠れませんでした。そうでしょう？　日本の伝統ある数々の仏像が、我々の中世の古城で眠っていたのですよ……」

　私は少しも驚かなかった。こういう場面はすでに想像していたのだ。

「……しかし、それらは、どのようにして運び込まれたのですか？　そして、どういった仏像なのですか？　いろいろありますからね。ピンから、キリまでです」

「価値のあるものばかりですよ。そうみんな言っていましたから」

「仏像には霊が宿っています。怖いことになりますね」

「おどかさないでくださいよ」

　古城は静まり返っていた。

　十二世紀に建てられたという規模はあまり大きくはない、小高い山の上に重要な目印のように灰色の石の固まりになって、そのH城は私たちを迎えてくれた。

　私と彼は人の気配がないので、不思議に思ったが、小さな岩山の角を過ぎ、城の最初の城壁の朽ち果てた、石のくずれた裏門の、比較的広い庭に入っていって、すでに多くの武装した軍の者たちが、たたずんでいるのを見た。

　彼らは笑っている者もいたが、緊張感の中にも楽しい遠足にやって来た、学校の学級の友だち同士のような、連帯感が同じ軍服姿に感じられた。

彼は一人の男に、地面に唾をはいて、

「麓のほうには誰もいないじゃあないか。何をしているのだ。厳重に村の出入口も警備するのだ」

と言った。

「しかし、あまり目立ち過ぎてもいけません。何事が始まるのかと、村人たちに気づかれてしまいます。十分周辺の家々には、私服の隊員を巡回させていますから、犯人たちの動きは、把握できます」

「わかるものか。どこかに抜け道を作って、山の上のほうからやって来るかもしれないぞ。お前たちのゲリラ戦に対する訓練は、まだ山岳地域の動物を捕まえる程度のものだろう。ええ?」

「あの人が、有名な先生ですか?」

「有名だって？　少なくとも、僕はまったく知らない」

私は聞き耳を立てていたので、少し腹が立ったが、あまりにルーズな軍人たちの態度に、かえって親しみが持てたのだった。

H城はその昔、数々の血に塗られた残酷な歴史の闇の部分の舞台にもなっていたので、軍事的な重要性は戦略的にもあまりないのだったが、死者たちの怨念が、城の姿をひときわ凄惨なものにしていた。

私は遠くから一目この城を見た瞬間、寒気が背筋を走るのを覚え、ふと高木君を思い起こし、彼女とこのようなヨーロッパの古城を訪ね歩く時のことを願い、白い城のあるディズニーランドへ遊びに行った二人が、昨日のことのようになつかしかった。

「高木君。また君と、H城へ来ようね。君は僕の腕にすがりつき、ぶるぶるふるえ出し、僕の足をまちがって踏んでしまい、僕が歩けなくなり、先生、男でしょう、進みなさい、と言って……」

城に近づくにつれて、私は非常に大切な発見をした。

それはこの城は、攻めにくく守りやすい、という典型的な山城であるにもかかわらず、どこからでもその姿が見られる、ということであった。

つまりH城は、敵の様子をすべて城内から監視できて、しかも見張り台の機能を持った城としては、一〇〇パーセント実戦向きの砦であったのであった。

したがって他の大きな古城のように、ロマンに溢れた王子と王女の物語や、美しい絵はがきに飾られた、騎士たちのサインの文字も、消えかかっていた。

それだけにまたやるせない城の古ぼけた落ちた壁の石は、人々の汗のように、草むした地上で、瓦礫となり、土の中に溶けていくだけなのだった。

私は近くの村に、あまりにも不釣合いの、最新鋭のある製造メーカーの、宇宙基地のような工場があったので、

「あれは何を作っている工場ですか?」

と彼に尋ねたが、彼はただ一言、

「部品メーカーでしょう……」

と答えただけであった。

「何の部品ですか?」

「いろいろでしょう。いろいろな物に使う部品でしょう。部品がなければ、製品は完成しませんからね」

私は遠ざかる工場に、誰一人として人間の姿を見ることがなかったので、内部の様子は、完全に見えないようになっている、あれでは地下から城へ通じる秘密ルートがあってもおかしくない、あやしい、調査する必要がある、とメモしたのだった。

仏像は、布に包まれて、数体横たわっていた。

すでに城の広間に移動されており、その数は十二体であった。

私は一つ一つを見て歩いたが、有名なZ寺の観音像、Y寺の弥勒菩薩、B寺の千手

観音、などもあり、まったくあきれてしまったのだ。

保存状態はあまりよくなく、所々に黴も生え、傷みのひどい部分もあったが、なによりも私を驚かせたのは、それぞれの盗品には、正確な寺院とその像の名称が、ラベルを貼りつけ書かれてあったことであった。

これは専門家の計画的な犯行であり、あの窃盗グループによるものであると私は確信したのだ。

「城のどこに隠されてあったのですか？」

「それが……。この点については、のちのち問題を大きくしてしまう可能性があるので、大きな声では言えないのですが……。

この城には、深い底の牢獄があるのです。そこへ入れられたなら、もうけっして生きては出られない、井戸の底よりも深い牢獄です。その底に、これらの仏像は重なって安置されていたのです。

人など底まで入っていったことはなかったのですが、修理の必要から、ロープをたらし、数十メートル降りていき、冷気がもう嗅覚を麻痺させてしまった頃、たどりついた人は、白い骨をいくつも見ましたが、それらは隅のほうにかたづけられてあり、仏像たちが眠っていたのです。

彼は墓場から、人を掘り起こすように、仏像たちを調べましたが、木材が積まれているようで、あまり精神的には落ち込まなかったそうです。

それから、一つ一つ慎重に上げていき、すべて外へ出した時、底のほうに、もう一つの、小さな像があるのに気づき、手に取ってみると、それは模型の、法隆寺の百済観音像でした……」

私はぞっとして、自分の持っていた百済観音の像を、明日こそは捨ててしまおうと誓ったのだ。

「彼はその模型を今も所持しています。彼は途中で見た工場で働いている労働者の一人です。会いたいでしょう。あとで紹介します。覚悟をしていてくださいよ」

「私が見たところでは、これらの日本の木像彫刻は、言われていたように、すべて重要な物ばかりです。いったいどう責任を取ってくれるのですか？」

「だから、先生。落ち着いてくださいよ。これは偽物なのですよ。本物はちゃんと、日本の寺院の定位置に今も涼しい顔をしてたたずんでいるではないのですか？」

「日本民族を馬鹿にしてはいけないぞ。私は真実を公表する」

「あなたはこれらの仏像を前にして、ただ両手を合わせ、拝むだけでよいのですよ」

9

私はその後、第一発見者であった村の工場に勤務している男のもとへ、現場の様子を詳しく話してもらうために訪れた。

彼は四十六、七歳の、この地方に多く見られる丸顔に、濃い眉毛と、ブラウンの頭髪を短く刈り上げ、退屈そうに私の質問に答えたのだった。

彼にとりこの事件は、過去の事件であり、事件の証拠品が、偶然目の前に現われてきて、一般の人たちが、興味本位に眺めている野次馬心理により、きわめて客観的にかつ冷静に、その時の状態を語ってくれた。

「……それはそれは雲の低くたれ込めた、暖かい風がゆっくりと顔をなでていく夜のことでした。私はうなされて目をさましました。ちょうどその夜豚の角煮をいっぱい食べたので、お腹がまだちょっと張っていて、明日の朝食は、少なめにとろうと考えていたのですが、いっぱい豚が私のほうへ走ってくる夢を見て、私は驚いて眠りからさめていたのでした。

ふと窓のほうを見ると、明かりがぼんやりしていました。

何気なく窓のところへ行き、窓を開けました。

遠くの山の上に光が動いていました。私はあのあたりは、H城の周辺で、めったに今では人の出かけるような所ではないので、不審に感じ、城の修理を依頼されて、会社を早く引き上げ、毎日五、六人でこつこつとやっていたところだったので、また変な人物が出没し始めたのか、と思ったのでした。

修理をしている頃、時々山の中から、薄いベールを身にまとった、無表情な女性が、すうっと現われては、私たちが働いていた近くまでやって来て、じっと作業の様子を見守っていたのですよ。

私は一度声をかけて、いったいどうして、こんな所までやって来て、熱心に修理の様子を見ているのですか?と聞いたんです。

するとその女性は、急に去っていってしまいました。なにか、あわてている様子でした。声をかけられるのが、苦手のようでした。

たびたびそんなことをしているので、私たちは気持ちが悪くなり、きっと、城の亡霊が出現したのだ、それなら考えがある、捕まえてやろう、ということになり、ある時、彼女が定刻に現われるのはわかっているので、その時間に、四名の者を、近くの林のかげにかくしておいたのです。

やはり、思っていたとおりに、希望どおり、彼女は現われました。

今だ！　私たちは彼女を捕まえました。

ところが、彼女は、ちゃんとした村の立派な家の婦人であることがわかったのです。

彼女は言いました。城の底に、東洋の魂があるので、助け出さねばならないのです。

私たちはいよいよ頭のおかしい村の恥さらしだと思い、彼女を家に連れて行き、家族の人たちに、外をうろうろさせてはいけない誤解されるかもしれないから、と注意しましたよ。

その後私たちは、発見してしまったのです。

あの牢獄には、城の王様の奥さんが落とされて死んだ、という話も伝わっている、とてもなげかわしい場所ですが、それよりもそこにあんな日本の仏像が隠されていたことに対して私たちは、また伝説が生まれたと喜びました」

「それで発見した時の、現場の状況は？」

「まず私は何かあると直感しました。するする降りていくと、いい香りが漂っていました。香水のようななんともいえない、人を戸惑わせる香りでした。布をとると、見たこともないような人間のかたちをした、さびしそうな人形がありました。重ねて積まれていたので、一つ一つ丁寧にのぞき込むように観察したのですが、早く引き上げたいと何故か思いましたよ。

牢獄の壁にはいっぱいいたずら書きがありましたね。

その中で一番印象に残っていたのは、高木君好きだ、というものでしたね。

私はただ引き上げて安全に城の修理ができるように、牢獄の中を清掃しただけですよ。誰がこんな仕事をやりたがると思いますか？　この時の賃金は、特別手当が出たので、僕は満足しているけれど、二度とやる気はしないね」

私は彼はまだ隠していると直感した。そこで懐から札束を取り出して、手に握らせた。

「法隆寺の百済観音の模型は底のほうにあったが、これだけは新しい物だったので、僕は失敬したのだ」

「私も同じ物を持っているぞ。これは犯人グループが使用したもので、安いものだ」

「僕は墓を掘り返す仕事も請け負うことがあるので、骨のそばの、古いワインの瓶も持ち帰って神棚に置いて時々味わっている。だから、人につべこべ言われる筋合いはないさ」

私は、まだ他に、隠していると思った。

「その変な女は本当は嘘だろう？　勝手に、でっち上げた人物だろう？　みんなで、そういうことにしておいて、仏像の祟りから、逃れたかっただけなのだろう？　ええ？　村には、そんな女は、いないぞ」

「家の者が消してしまったのさ。仏像の祟りを恐れてな」

「いいかげんなことを言うな。お前たちはみんな創作しているな。村中の人間たちが仏像の祟りを恐れている。本当のことを言うのだ。言わないかな？」

「高木君好き、という落書きは本当だ。信じてくれ。信じてくれよ……」

私はこれ以上尋ねても、彼はますます混乱して、嘘をつき続けると思ったので、尋問を中止したのだった。

「あっ、……ほら、……明かりが見える」

彼が窓の外の山の上のぼんやりとした明かりを指さすので、私はあれは軍隊の野営のライトだ、と知っていたので、ただ笑っていたのだった。

ところがその明かりは、城から離れて、西の方向の、さらに山の奥のほうへと移動していったので、男の言うように、何者かが出没している可能性もあると思った。

翌日私は、古城で意外な話を聞いたのだった。

隊員の一人が行方不明となって、彼の所持品の残されたテントには、法隆寺百済観音像の小さな模型が、一つ転がっていたというのだ。


H城は軍の者たちの数を増やして、外からは完全に人が進入できないように厳重な警備体制を強化し二十四時間警戒にあたった。

私は、男の職場を見せてほしいと頼み込んだが、男は拒否して、工場は部品工場であり、あなたに見学させるような余裕などはない、と工場長は言っている、と先回りをして、私の工場に対する疑惑を見抜いているようなことを言った。

私は、あきらめて彼のもとを去ったが、こっそり工場へ出かけて行って、守衛のおじさんに大金を握らせ、入れてもらった。

ごく普通の新しい清潔な、合理的に出来上がった、さまざまな部品を一つ一つ流れ作業で作っている、男の言うように工場長は働き者の、やはり丸顔の、眉毛の濃い、黒い髪を短く刈り上げている男であった。

私は考え過ぎかもしれない、と思い、工場を見学させてくれたお礼に、記念写真を撮りたい、と申し出て、工場長と並んでスナップ写真を撮った。

　私はフランクフルトで窃盗グループらしき男たちの顔写真も入手していたので、工場長がどう見ても、その中の一人に瓜二つなのにあとで気づいて、もう最後の決戦の場はあの工場だけだと本部に連絡したのだ。

　このような私の明快な推理は物的証拠がそろっているので九九パーセント確実だった。

　ところが本部の調査によれば、まったく別人であることが、写真を拡大してみると判明し、私は恥をかいてしまった。

　よく拡大してみると、工場長は鼻の穴が三ミリであり、フランクフルトの男は四ミリであった。

　私は鼻の穴は、興奮すれば拡大するし、意識的に小さくもできるのでもっとくわしく説明してほしいと言ったが、君は老眼か、誰が見たって別人だ、君はそんなにも、事件の解決の手柄にあせって、そして飢えているのか、とどなられてしまったのだった。

　H城では、仏像の今後の保存場所について、いろいろ検討されていたのだが、しばらくここに置いて、仏像の回復を待つのが一番であるという意見に傾いてきていた。

私は、オーストリア政府が、日本国に仏像について沈黙をとおしていることに不満を持ったが、わざわざ私も日本政府に伝達しようとは思わなかったのだ。

私と行動をともにしていた彼は、

「……そうでしょう？　それがいいでしょう？　あなたも長生きしたいでしょう？」

と事あるごとに私に言っていた。

H城へ来て三日目の夜、私たちは城の中央から火柱が上がるのを見た。

私たちは異様な声を上げいつまでも見つめ続けていた。

そして仏像が立ち上がり、やがてもろい木くずのようにくずれていく光景を目の前で目撃した。

それは目の錯覚であったが、私は燃やされてしまった数々の仏像が、長い歴史のあとを一瞬のうちに消し去る姿に、人間の一生を重ね合わせていた。

10

はかない思いが胸をしめつけていた。

古城にたたずむ私は、どんなに美しいロマンに満ちた過去の特権階級の贅沢の限りを尽くした住まいであっても、なんら希望もなく、敵の攻撃になすすべもなく、ただ死を待っている人々がいたのだ、と悲しい心で城壁の冷たい石をこぶしでたたいた。

肩を後ろからたたく者がいる。

「事実は隠したほうがよいこともあるのです。歴史は、うずもれている部分を、すべてさらけ出してしまったのなら、人はとても生きてはいけません。闇の部分があるから、朝が来る、日が昇る。そうでしょう?

あなたには残酷な光景を見せてしまいましたが、あなたはこの道の専門家なんですからね、仏像の運命については、過去の歴史からあばかれる美しいものばかりではないことを知っているはずですね」

そして私は、彼に一本の花を渡されたのだった。

それはいずれかの像の手に握られていた、花のかたちをした木の枝だった。

私はそれを折って地面に落とした。

たえまない心臓の鼓動が、妙にはっきり体を揺らしていた。

そのために動くことができなかった。弱い肉体の力はいつまでも風に揺れているようであった。私は寂しかった。

軍隊は行方不明になっていた隊員が、山奥で死体となっているのを発見し、窃盗グループが意識的に存在を明らかにしたのだと思い、強い怒りを覚えた。

H城には軍隊が滞在することとなり、詳しく内部が調査され、これまでわからなかった秘密の通路が見つかったり、新しく室内に生活用品などが持ち込まれていた痕跡もわかった。

しかしどうしても理解できなかったのは、売買をせずに、このような場所に永久的に放置してしまうような行為を、なぜ彼らがとったのかということであったのである。

「売買などは出来ないでしょう？　いったいこんなものを買って、どうするのですか？　家に飾っておくのですか？　美術館に売ったって、すぐばれてしまいますよ。だいたい買い手がありませんね。そうでしょう？　絵画などだったら可能でしょうが」

「いいえ。彼らは、こうした仏像などを買い求める人たちの、顧客リストを作っておいて、彼らに売りさばくのですよ」

「いったいどういう人たちですか？　そういう悪趣味の持ち主というのは」

「地球人以外には考えられませんね」

「そうでしょうね」

「彼らは、相当知能の高い、知性的な民族ですね。文化的な遺産を、先住民の遺跡のように、貴重なものとして、大切にする民族ですね」

「なにも盗まなくても……」

「われわれだって多くのギリシア彫刻などを国に持ち帰っていますから……」

私は村に行き、あの男の言っていた、謎の変な女について再び問いただしたが、やはり嘘であることが判明したのだ。

しかし高木君好きだ、という落書きは本当であると言いはるので、私は最も気になっていたことであったので、実際に自分で牢獄へ降りていき、確認作業をすることにした。

彼は案内を買って出てくれて、

「先生。どうして気になるのですか？」

と笑ってさかんに背中をつつくのであった。

彼のあとから牢獄の底へ降りていき、すでに内部はきれいにかたづけられてある、ぞっとするような死の穴倉の中で、私は光に浮かび上がったその文字を、見つけたのであった。

「どうです。どんなものです」

「あきれたものだな。これは犯人たちが相当気のある女の名前を、思わず書きなぐってしまったのであろう。貴重なものだぞ」

「ここを見てくださいよ。ここには、奈良、大仏、レーザー光線、と読めます」

「まちがいないぞ。私はこの人物と会っている」

「いよいよ窃盗グループの影が近づいてきましたね。がんばってくださいよ、先生」

「ありがとう、君。本当にありがとう」

私と彼は牢獄から上がって、軍人たちに遠慮して、地下の薄暗い広間で、楽しそうに昼の弁当を食べたのだ。

彼はフランクフルトのソーセージをかじっていた。

私もまったく同じものを食べていた。

私は高木君を思い出してしまって、

「窃盗グループのやつら、高木君に手を出したならば、ただじゃあおかないぞ。早く彼女を救出しなければならないぞ。四面楚歌と言っていたなあ。グループから離れたいと願っているんだな。早く救出しなければ、彼女のことだから、二重スパイになってしまう。そして三重四重と罪を重ねる彼女などは見たくもないのだ、私は」

そう思っていた。

男は食事をすますと、私を修理している場所へ連れていって、いろいろと説明してくれたのだった。そこは城の大切な所でもあった。

小さな窓から外をのぞいていると、はるか下のほうには村がよく見え、広々と耕された畑には小さな植物の列が並んでいるのだった。

「あれが私の家ですよ……」

彼が指さしたが、

「なるほど」

と私は少しもわからなかったが答えていた。彼はさらに言った。

「先生は事件が発覚した時の、僕の驚きを知らないでしょうね。僕は、悲しくなりました。涙が止まらなくてさかんに涙で顔を洗っていたくらいですよ。せつなくて、もう空の彼方の夕暮れが燃えていましたね。

みんな立派な顔をしていましたね。

それぞれ、一生懸命生きてきたような、そんな表情をそのまま残して、眠ってしまったのでしょうね。

先生。あれが私の家ですよ」

「なるほど」

靴音がすると、一人の隊員がやって来た。

「窃盗グループはここをたんなる倉庫代わりにしていただけのようです。ひどい話ですね。H城はこれから一層呪われた古城として有名になるかもしれませんよ。先生。秘密にしていてくださいよ。日本人で知っているのはあなただけなんですからね」

私は私の立場が、いつのまにか、非常に危険なものになっていると思わざるをえなかった。

「僕は、忘れられないでしょうね」

隊員が行ってしまってから、彼は言った。

「僕らは多くの犠牲を払った、第一次第二次世界大戦を忘れないようにね。僕のお祖父さんは、第二次世界大戦でとんだ回り道をしてしまったのさ。彼らのようにH城を守るだけなら、すぐ自由を得るだろう。祖父さんは毎日の生活を畑を耕すことから始めなければならなかった。

戦争が時間を止めてしまったのだ。

コンピューターが故障して、無駄な時間が、人々に手作業の労働を強いたようにね。

だから祖父さんは、戦後の村で、あれだけの農地を広げることができた。

しかし祖父さんは、本当は工場を作りたかったのだよ。

今僕が働いている工場は、最近出来たもので、ほとんどの人たちが戦争を知らない世代だけれど、祖父さんの耕していた畑のほうがずうっと面積は広い。

広くなければ、無駄な時間の時間つぶしはできないよね」

「村の人たちは、この事件については、どう思っているのだろう?」

「それは大変な事件だと感じているよ。でも、ほとんどの人たちは知らないんだ。本当だ。嘘などつくはずがないじゃあないか。

こわれた城のことなど、みんな関心を持っていないのさ」

「嘘をつくな」

「先生。もう、村の人たちについては、いろいろ詮索しないほうが身のためですよ」

私はひどいめまいを覚えた。

夜、私は彼の家で食事をごちそうになり、久しぶりにお酒を飲んだので、いい気分になってしまい、家族の人たちと世間話を長くしてしまった。

彼の奥さんは、よく気のつく、やさしいおっとりとした話し方をする、細面の鼻の高い女性であったが、よく私の皿に、食べ物を置いてくれるので、気づくと私のお腹はいっぱいになってしまっていた。

別棟に両親がいたが顔を出さなかった。

子供も声さえ聞こえず、不思議なほど、沈黙が夜を支配していた。

「みんなね。日本人にはしばらく会いたくないのですよ。なにか恐怖を感じるようですよ。気にしているのですよ。私も妻も迷信深いほうではありませんから平気ですけどね。

十二人の女性の影だけが、村道をかけていった、などと冗談を言っている者も出てきていますけれどね。

それよりも、これはうちで作ったパンです。親しみやすい味でしょう?」

私はうっかり長居をして、彼の家に泊めてもらうことになってしまったが、あまり迷惑をかけたくないと思ったので、こっそりH城の見える窓から外を眺めながら、もう彼らに会うこともないのだろうからと、思い出にベッドの柱に、自分の名前を書き込んだ。

ふと見ると、山の上に照明弾が昇った。

しかしそれは満月であった。

私は自分は酔っぱらっているなと感じて、ベッドにもぐり込みすぐ意識を失ってしまった。

夢の中で会話がしたので、私は耳を澄まして聞いていたが、目は見開いているので、夢ではない、夢ではないぞ、とさらに耳を澄ました。

「あの人は、海の向こうから来た人ですよ。大切にもてなさなければいけないわ。十字架にはりつけて、燃やしてしまいましょう」

「それよりも石をくくりつけて、山の上の湖に沈めよう」

「ぼくは、お腹を切り裂いて、小石をいっぱいつめ込んで、また縫い合わせて、知らないふりをしているのがいいと思う」

「わたしは、愛犬のジロのように、お座りを教えたいわ。そして忠実なペットのように一生お座りをさせておくのよ。いいでしょう」

このように恐ろしい会話が次々と隣の部屋から聞こえてきたのだった。

私はくしゃみをした。

すると隣の部屋は静かになって、また静寂が夜のしじまに漂い、私はゆっくり休むことができたのだった。

私は早朝、軍の隊員にたたき起こされた。もっと眠っていたかった私は、しかし、男のやさしい口づけで飛び起きてしまったのだ。

「窃盗グループの一員の所持品が、城のトイレの壁のすき間で発見されました。日本語で書いてあるノートです。先生。すぐに来てください。命令です」

ノートは、高木君の学生ノートであったのだ。

なつかしさのあまり私はペラペラとページをめくったが、奈良に旅行したおりの、彼女の熱心な勉学の志に燃えていた頃の、なめらかな筆遣いの文字であった。

どうしてこのような場所に、彼女は隠すように置いていったのか、ますます疑問は深まったのだが、とにかく私は内容を隊長に報告して、窃盗グループの仲間の物であるが、この人物は近いうちに寝返って、グループを離脱する者だから、あまり神経質にならないほうがよい、と言った。

しかし仏像などのスケッチがあったので、隊長は渋い顔をして、

「君、これらの絵は、あの十二体を思い起こして、呪いが伝染しかねないぞ。燃やしてしまおう」

と言うが早いか、さっと私の手から取り上げて、部下に焼却処分するように命令したのだ。

私は高木君の思い出の品が消えてしまうのは、不愉快であったので、

「重要な箇所が一つありましたよ。窃盗グループは近いうちに、このH城を、総攻撃する、という暗号文です」

と言った。

隊長はノートを再び手にすると、私の顔をしっかり見つめ、眉をつり上げて、目尻をピンと張り、

「そういうことは、早く言いたまえ」

と大声でどなり、部下にノートを渡すとすぐに焼却するように言ったのだった。

一週間ほどすると、H城には、オーストリアの国旗が、高々と掲げられた。

11

たゆまない努力こそ、人生には必要である。私はついに努力して、高木君の居場所をつきとめたのだ。

フランクフルトへ戻ってから、私はメモを取り出し、「十三番地、西側、ベルト屋ＯＣＥ」の文字のとおり再びその場所へ行ってみると、なんと彼女が、子供たちと、縄跳び遊びをしていたのである。

こういう偶然というものは、一生のうちにおいても、二、三度しかないものであり、私は神と仏に感謝したい気持ちから、歩道にひざまずくと、お祈りをして彼女に近づいていった。

ところが彼女は、まったく私のことを記憶しておらず、

「どなたですか？　グループの最長老の退職間近の老人ですか？」

などと、いぶかしげな、ちょっと白痴的な、遠くを見つめているような目で、ぼん

やり答えたのだった。

「何を言っているんだよ。僕だよ。憧れの先生だ」

「全然面識がありませんわ」

「高木君。どうしたのだ？　病気なのかい？　神経を病んでいるのかい？」

私は、せっかく彼女を見つけたのに、これ以上彼女のために苦しみたくないと思ったので、

「高木君。シャネルのバッグはもう買ってあるぞ」

と、そっとさぐりを入れた。

すると彼女は、手の平を返すように普通の精神状態に戻ると、

「先生。四面楚歌です。窃盗グループには私はもうついていけません。彼らは、H城の十二体の仏像については、責任者を処刑してしまいました。

私はH城へ、一度夜の闇にまぎれて行きましたが、あんな悲惨な光景を目の当たりに見て、体がふるえ、小用が近くなってしまいました。

先生。四面楚歌です。助けてください」

と言った。

「君は大げさじゃあないかね。ずいぶんのんき気に子供たちと遊んでいたじゃあない

か。僕は、もっと君が、あの時のように、あの美しいロープに縛られた身動きできない姿のように、まったく身動きできない状態に陥っているものとばかり考えていたのだ」

「先生。私を奪って逃げて」

「そう簡単にグループから逃走させるわけにはいかない。彼らにあいさつをしてからにしないと、また、のちのちになってから、面倒なことが起こるかもしれないからなあ」

「先生。彼らは私を信用しきっていますから、だいじょうぶです。彼らは、私のことを椿姫と言って、尊敬と信頼と願望と希望と、そして感激を感じているのです」

「それは、君。彼らは、君を単なるアイドル的存在として認めているにすぎないからだろう?」

彼女は憮然とした表情になって、急に私の腕をとると、建物の陰に連れていき、ひそひそと小声で語り始めた。

それによると、窃盗グループでは、近いうちに、法隆寺百済観音像の実物をH城に運び込む予定であった、というのだ。

ところがこのような事件が発覚して、もはやH城は、彼らの安全な倉庫にはなりえなくなってしまったので、百済観音像を、今度は近くの村の納屋に隠す予定に変更した、というのだった。

私はどうして彼らが、H城周辺にこだわるのか不審に感じ、……工場……と思ったのだ。

「工場長。先日は大変お世話になりました。わたくしは工場についてはとても興味深く見学させてもらいましたが、一つだけ、疑問に思ったことがございますので、もう一度ご訪問したく思い、電話をさし上げたしだいでございます。

わたくしは、かれこれ数十年にわたり、仏教美術に関して研究にいそしんでまいりましたが、お近くの古城で、あのような不幸な出来事が起き、たいへん心を痛めておるしだいです。

さて、わたくしこと、美術研究者のはしくれといたしましては、なんとしても、日本の文化遺産の損失は、口から手が出るほど、いや、……口をすっぱくして言いたい。……部品を作っているということでしたが、それは嘘で、窃盗グループと協力して、地下の秘密工場で美術品の偽物を作る作業にいそしんでおられるのではないですかな。

なに？　よく聞きとれませんが。

そして、あの城に隠してあった十二体の仏像は、その失敗作の処分に困り、……そうでしょう？　ずばり的中でしょう？

なに？　聞こえませんが」

「先生。勝手に一人で物語を作ってはいけません。ところで、フランクフルトにいるグループのメンバーたちは、今夜、私の部屋に集合しますから、先生、会って、私がグループを離脱することを、はっきりおっしゃってください。私こう見えても、きれいに日本へ帰りたいのですよ」

「先生にまかせなさい」

「先生。久しぶりに先生のにおいをかいで、私、くらくらしてきました」

「僕も、久しぶりに高木君の、そのまぶしい瞳の輝きの中でもがき苦しむ自分を思い出したのだ……」

私たちはたそがれの街角で、かたく手を握り合うと、長いため息をついたが、こんな時間が再び訪れたことに、喜びと同時に不安を感じて、あたりを何気なく見回してから、そっと家路についたのだった。

彼女の住まいは、やはり近くのアパートにあり、そこからは以前待ち合わせ場所に指定されていた、教会の鐘の音が聞こえてきていた。

つらい時は彼女はこの音を耳にしながら、涙を流し、ハンケチでふき、僕のことを思い出して、なつかしい情愛の日々が、すでに過去のものとなってしまった、時間という恐ろしい二人を引き裂く、機械のような冷たいマシンに、何度となく怒りをぶつけたことであろう。

ああ、あまりにも無情な時の犯罪。極悪非道な犯罪者。それはＴＩＭＥだ。

私は彼女の一人住まいの部屋へ入り、まず、男物の品物をさがしたのだが、男性週刊誌がさりげなくあったので、きっとページをめくり、僕の噂をさがしていたのだとうれしくなってしまった。

しかし私はマスコミに登場する機会はほとんどない種類の人間なので、これは、グループの男が読んだに違いないのだ、けがらわしい、とそっと足で蹴飛ばした。

海よりも深い愛があるとするならば、ちょうど私たちのような愛であり、空よりも高い純愛があるとしたならば、ちょうど私たちのような愛であった。

高木君はいくぶんやせて見えたが、私が太ってしまったので、そう見えたのかもしれなかった。

「先生。学校のほうはいいのですか？」

「うん。一ヶ月ほど、私は病気療養中ということになっているのだよ」

「見舞いに誰か来たら大変ですね」
「誰も来ないのだよ。残念なことに。僕は忘れられている存在なのだね」
「そんなことはないですよ。先生が忘れ去られる時こそ、私も忘れ去られる時なのですもの……」

グループの者たちは四人であった。彼らは全員黒い衣服を身にまとっていた。このような黒い集団が街を歩いていれば、かえって目立ってしまって、人々は、はっきりと彼らの行動を目で追うことが可能となり、警察でも、すぐに捕まえることはできたはずであったのだ。

夜になればしかし彼らは、黒い色彩により、闇にまぎれ、地に伏し、屋根に逃れ、河に浸るのである。

私は夜の服装でやって来た彼らが、これから何かを始める前に、高木君と会い、その団結の力を奮い立たせて、勇気と愛を彼女から分け与えてもらって、スムーズに事が運ぶように、彼女を仏像に見たて、お祈りをしているのではないかと邪推したのである。

すると彼らは、本当に彼女に向かって、日本式のお祈りをささげていたので、私はますますこのグループがわからなくなってしまったのだ。

彼女はほほえみながら、祝福のげんこつを、彼らの頭上に見舞い、彼らは「イテッ」と言って、しかし真剣な顔をしてじっとしているのであった。

私は理解した。これこそ彼女独特の理論からくる、外国人操縦術であり、こんなふざけた真似をしておいて、いかにも日本的な宗教的儀式のように見せかけて彼らの信頼を勝ち得るやり方なのである。

私は真面目な同席者となり儀式の終わるのを待っていた。

四人の中の一人はどう見てもあの工場長にそっくりであった。私は双子の兄弟ではないのだろうかと思い、

「あなたには双子の兄弟がいますか?」

と尋ねた。

「双子の妹がおります」

「妹ではなくて、弟でしょう?」

「弟ではない。妹だ。変なおやじだなあ」

高木君は私に対してすでに反勢力の、挑戦的な、意地悪な、無愛想な、心地よくない彼らと同じような他人を見る態度に豹変していて、私は「四面楚歌」となっててし

まったのだ。

「ところで、……高木君の件ですけれど、彼女は、我々の０２０２の暗号ネームに戻りたいというのですが、あんたたちは、素直に同意してくれますか？　それとも私を殺して彼女を残留させますか？　無理に彼女をグループに残しても彼女はいずれあなたたちを裏切ります。その前に気持ちよく別れてしまったほうが、どちらにとっても利益は多いと思います。私は殺されてもかまわないが彼女は殺さないようにお願いします」

彼女は、怒ったような表情から一層怒りを上昇させて、私を裏切ることは、確実のように感じられた。

しかしグループの一人の男は落ち着いていて、

「突然そのような辞表を提出されても、私だけでは決定できかねますな。三日待ってくださいよ」

と言った。

「三日？」

「三日ですな……」

男の目に光るものがあった。私はすべてを理解したのだ。やがて彼らは、いずこともなく夜の闇に消えたのだった。

私は高木君を強引に略奪するように背中に背負い夜の町を疾走した。

「先生。重くないですか?」

「軽い、軽いよ。君はやせてしまったね」

「そこを右に曲がって、もっともっと走って、左に行って」

私たちは、やっと窃盗グループから安全な所へ避難したのだ。

ところがその場所にはさっき別れたはずの彼らがじっとうずくまり私たちを見つめていたのだった。

「あ、こんばんは。お忙しそうですなあ……」

「また会いましたか……」

「先輩、相手は左ききですから、右フック、右フックですよ」

高木君は指示していた。私は彼らの邪魔にならないように姿勢を低くしていつでも彼らが飛び出していけるように、彼女とともに、唾を飲み込んだ。

四名の黒い固まりはあざやかなダッシュ力を見せると、前進して行ってしまったのだった。

高木君はとても心配そうであった。

「私ちょっと見てきます」

私はしかたなく腰をおろして、ぼんやり膝小僧をかかえ、夜空の星を見つめ続けていた。

物音一つしない静かな住宅街に音楽がかすかに流れていたが、窓辺に揺れる人影は、ダンスの練習をしているらしく、時おり現われてはまた消えて、何度も何度も行ったり来たりしていた。

そのうちに音楽がやんで、人影は立ち止まった。

すると再び音楽は流れ、人影は動き出して、くるくると回転して、だんだんと速く移動するようになっていったのだった。

私は、星の数よりも、人の願いの数のほうがずっと多いと思い、夜空の星の数は少なすぎると見上げていた。

「……無事引き上げて来ますように……」

私のこの願いは神によりひどい結果をもたらされるかもしれなかったが、いちずな心は、星を見上げる純情な魂の響きにふるえ、いつまでも冷たい地面の感触を、お尻に伝えて、やさしい私の悪の心はおびえるように、周囲の気配を、敏感にさぐっていたのだ。

高木君は急いで戻って来た。息を切らしていた。

「ずらかりましょうよ」

「やつらはどうしたのだ？」

「まんまとせしめましたよ」

「警察に知らせようではないか」

彼女の態度が急変した。いきなり私の腹を、力強い破壊力が襲った。

彼女は、さらに、私を足で蹴り上げて、のけぞった私のあごにとどめの一撃を恐ろしい早さで力いっぱい打ち込んだ。

「許してくれ、高木君、椿姫……」

彼女は私の上におおいかぶさると、そのまま泣き出したのだ。

「高木君、帰ろう……」

私は言った。

12

ほんのりと浮かび上がるネオンの点滅が夜の町を過ぎていった。

霧が流れている底の深い道路はいつまでも方向感覚を失わせて、右足で踏むアクセルはやけに金属的な音を出して周囲をかけめぐっていた。

暗い郊外の林にさしかかると私は車を止め、しばらくライトを消し座席でゆっくりとのびをして体の緊張をほぐした。

彼女は外の闇におびえ驚いたような目をしてじっと何かを見つめていたがその横顔に、影を投げかけ車のライトが過ぎていった。

私たちは黙ったまま数分間停車していたが、はるか遠くから響いてくるエンジン音が地面を伝わってやってくるのに気づいていた。

私は車を発進させた。すぐに一台のバイクがぴったりと後ろについてきていた。

いきなり追い越すと車体の側面から矢のように赤い物体がはじき出され、ドアの内部に侵入してきた。

私は悲鳴を上げそれを手で払いのけようとしたが、すでにその赤い物体は車内に飛び散り、渦を巻いて、車内の空気を攪乱していた。

バイクは、車の後方に去っていった。

私はハンドルを握りしめているだけで精一杯であり、こんなトラブルは、交通事故の時にさえもなかったので、ただ霧でふさがれた、前方の闇の、森の、黒い木々の近づいてくる様子に、巨大なトラックにぶち当たる時の涼しげな、小さく響くエンジン音を心細く感じ出していた。

「アクセルから足をはなすのよ。そしてブレーキを踏むの」

彼女に言われて、初めて私はスピードを落としたのだ。

「窓を開けろ」

車が停車する前に私たちはドアから飛び降りてしまった。

その時、向こうから走ってきた二台の車は、突然の事故に、霧の中を霧をかき分けながら、はっきり私たちを見つめるためにおどおどしながら車を降りてやって来た。

バイクがやがて後方からさしかかりスピードを落として徐行しながら過ぎて行ってしまった。

赤い物体は、車内に充満していたが、霧の中では美しい気体が闇夜を照らす舞台装置による事故現場のシーンのようであった。

「甘い味がするぞ。いったいこれはなんですか？」

「だいじょうぶですか？」

「ええ。たいしたことはありませんよ」

心配して、私たちを助け起こしてくれた彼らは、車内の赤い気体をいつまでも不思議そうに見つめていたが、ドアに刺さった、一本の矢のような凶器に驚いて、すぐに車に乗り込むと走り去っていってしまった。

私たちは赤い気体が流れ去るのを待って、また車を発進させたが、ドアの凶器は取ることができないので、かまわず不良車両の不快感を味わいながら、森の中をかけぬけていった。

途中まで来ると通行止めのバリケードがあり回り道が、細い未舗装道路で、わきに指定されていた。

しかたなく車をゆらしながら樹木の葉が窓に当たるのを気にしながら山道をしばらく登っていった。

いつのまにか私たちは数名の馬に乗った人たちに取り囲まれていたのだ。

一人の男が停車するように合図をした。

車から降りると、「この先は馬のほうがよい」と手綱を持ちながら私たちを乗せると馬の尻をたたいた。

あとから彼らは一緒にやって来た。

馬は歩きなれた霧の闇の山道を進んでいった。

H城が現われた。そして私たちは城内に招き入れられた。

十二人の、ぼんやりとした表情の女性たちがおしゃべりをしていた。口だけ動いているのに他の部分はまるで感情のない肉体だけの固まりのようであった。

やがて城主が目の前に出てきた。

「今夜はお泊まりください。二人には最高の部屋を用意してありますよ。もう我々はこの城を去るのであなたたちが最後の客ですよ。ごゆっくり……」

と親しみを込めて言った。

「ありがとうございます。十二人の女性たちは部品の交換が必要ですね。部品をとりかえれば、またよくなるでしょう。工場には部品はありますか？」

「そのことですが、……部品はもう一つも残ってはいないのです。しかたがありませんん」

「私たちは、それでは、彼女たちに別れのあいさつをしてきます……」

「先生。先生。手をふって眠らないでください。いよいよ痙攣が始まってしまったのですか？　起きてください。先生。先生」

私は、高木君の、激しく私を揺り動かす振動ではっと目をさましたが、真近で見る彼女は、まるでへんちくりんな、動物に手足を付けただけの、森の小人の成長しすぎた肥満体を、急激にダイエットさせて、痩せさせてしまった、妙な下女に似ていたのだ。

ぼんやりした頭の中に、まだ残像が、はっきり映し出されていた。私は、H城の祟りが、ここまで追いかけてきたのかと不安になった。

「しかたがありませんね。先生は昨日、レンタカーをぶつけてしまって、ドアに凹面をこしらえて、僕はもう左ハンドルは嫌だ、欧州から東洋の神秘性に溢れたアンコールワットの遺跡に立ち寄り仏教美術について研究して帰国したい、そして今度は幻のムー大陸を旅してみたい、などという、いかにも先生らしい、冒険者の危険な笑顔を見せていたのですからねえ」

「体中が痛くてしかたがないぞ。高木君」

私は、うらめしそうに、彼女を見た。

「……窃盗グループの中では私は先生のもとでいろいろ学んでいましたので、知識と美貌から巧みに美術関係者に近づいていって、さりげなく会話から、情報を得ることができたのです。

こんなこともありました。彼は重要な立場の、ハンサムな、素敵な人でした。私は、個人的にも、彼と会うのは楽しみでした。

あのモナリザの絵をグループは窃盗したいと考えていたのですが、どうしてもうまく計画が進みません。そこで私がモデルになって、モナリザの絵の、偽物を作ることになってしまいました。

彼らの中には、画家もいますから、私はすましているだけで、絵を完成しました。モナリザよりもそれが美人なのでしたよ。

モナリザは傷みもないのでなかなか修復の機会はないのです。

そこで、ルーブル美術館のモナリザと、偽物をどうやって交換してしまおうかと考えたすえに、彼に、モナリザをわが国で展示したい、両国の友好に一役買ってもらう、という話を私がもちかけたのです。

彼は快く同意して両国では話し合いが始まり、やがてモナリザは、彼の国にやって来ることになりました。私が言ったからというよりも、彼の交渉が上手だったからでしょう。

グループでは運搬の途中に奪う計画を立てました。しかし警備が固くて成功の可能性は低いと思われました」

私は、高木君は、平気でほらをつく悪癖もあるので、最後まで、黙って聞いていて、彼との関係をあらためて白状させようと思っていた。

「……その低い可能性を可能にさせるのは、事故を起こし運搬車両を停止させ強引に盗む。または私のモデルの偽物を空になったルーブル美術館のモナリザの絵の位置に飾る、この二つだけですよ。

有名な絵画が、他の展示場などに行っている時は、こういう複製画が飾られることがよくありますよ。

そこで私の絵はどうにかルーブル美術館のその位置に飾られることが決まりました。

ところが、問題が起きてしまったのです。

私の絵のほうに大勢人が集まってしまって、モナリザは、涙を流したという噂がさかんに流れたのです……」

「君なんか東洋的な平面的な貧相な顔立ちだから、能面のように表情が理解しにくいので、人がいっぱい顔を近づけて見入っていたのだろう」

「だからモナリザの代役は、立派に果たしたといえるのですよ」

「何を言いたいのか、さっぱりわからん」

「こんな私を彼は三度も旅行に誘ってくれたのです」

私は体の痛みも忘れてかけ出したい衝動にかられた。

おもむろにベッドの下から、ぺちゃんこになっていた紙の束をとりだした。それは時間を見つけては書き綴っていた秋篠寺の光と影の小論文であり、ほんの出だしの部分であった。

「昔のことで忘れてしまったかもしれないが、こんなものも首を傾けながら書いていたのだぞ。先生は」

「それは感心なことですわ。拝見いたしましょうか?」


……宇宙は光がなければ存在しない。光は宇宙の血液である。宇宙はだから、光る星でいっぱいだ。地球もいずれ爆発して光を放ち、空に消えてしまうが、僕らはそれでもこの地球の光を見ることができるのだ。遠くの惑星から。そして地球の最後の姿が、その惑星の地平線に浮かぶ夜、また一つ輝く光る星が、あれが地球、……とつぶやくだろう。一瞬の輝きだが、それは過去からやって来る、光の速度計算による、数百光年前の爆発の光であり、地球はその時、やっとその惑星に、地球の存在を知らせることができたのだ。

光は宇宙の血液である。

秋篠寺にたたずみ、変わることのない君と僕の友情は、この静かな沈黙の中に光の影のごとくふるえているのだ……。

私たちはお互いを認め合っていた。だからこんなにも、ありふれた日々の中で、平凡という名の、退屈な感情を、大切だと知っていた。

明日のことは、明日にならなければわからない。今日のことは、今日でないとわからないことがある。そして昨日のことは、いつもお互いに、別々に思い出すだろう。

さようならと言って別れたのに、君はふり返らなかった。しかし、私は、少しも気にしてはいないのだ。

明日また会えるものと信じてもいなかった。

そして君が去ってからの、空白の日々は、長過ぎて、それはあまりにも無感動な日々に変わってしまった。

君は今、ここにいるが、私などはもう必要としない人なのだ。

昔のことは、光のように、矢となり空高く飛んでいった。

高木君。私の弓には、もう矢はない。

「先生。先生。そんなに痛むのですか？　今日は一日ゆっくり休養したほうがよいでしょう」

「はい。そうしましょうか」

「そうですよ。昔のように……」

「君。なにをそんなに深く考えて、黙り込んでいるんだね？」

「……先生のことです。これ以上、先生を、一人にしておけない。これからは、いつもいつも一緒です。可愛がってください」

「はい。そうしましょうか。本当かなあ」

私たちは一日病人と看護婦の関係を続けたが、連絡が入りH城へ向かうように指示された。

すぐに0000も合流したのだった。彼は、一層たくましく成長していて、我々のリーダー的存在になっていたのだった。

13

村に着いた時、我々は村の異様な静けさに言葉さえ語るのがはばかられた。

夜だというのに、一軒の家にも、明かりがなかった。我々は注意しながら、村を過ぎ、H城のある小高い山の麓まで来たが、さらに静けさは、一層深まっていた。

そうして城の近くまで来た時軍の隊員たちが現われて、我々を手招きして城内へ引き入れた。

私は城内に入り愕然とした。村人たち全員が城内にひしめいていたからであった。

その数、数千人。入れば入るものであり、さすがに実戦向きに作られていたこの城は、外見からは判断できない恐ろしさに満ちていたのだ。

しかもあらゆる武器がそろっていて、村人たちすべての手にはさまざまな武器がすでに握られていた。

私は、映画の戦闘シーンのロケではないのかと誤解して、カメラの位置、照明、マイク、監督、助監督、などなどをさがし歩いてみたのだが、見つからなかったので、まったくたまげてしまった。

隊長が一人不機嫌な顔をしてうろうろとその辺を歩き回っていた。私はそっとおだやかに、彼のところへ近寄っていった。

隊長は、ますます口をへの字に曲げて、ゆっくり立ち止まったが、少しも心を開こうとはしなかったので、苦しんでいるのだ、隊長は、十二体の仏像があんなにも彼を苦しめているのだ、そうだ、そうなのだ、この事件を知っている、すべての人たちが苦しんでいるのだ、そうなのだ、それで城に集合してしまい、十二体の仏像より新しい敵である法隆寺百済観音の納屋のありかがわかるまで全員籠城することになってしまったのだ、そう思った。

ふと夜空を見上げると薄いベールを頭からかぶった人のような姿がスーッと宙を風のように過ぎていったのだ。

人々は寒気を覚えて、歯をがちがちと鳴らすものも現われたのだった。

夜空を過ぎていったものは、鋭い悲鳴をあげて村のほうへ降りていった。

「まちがいない。悪いことの起こる前ぶれだぞ。恐ろしいことだ」

人々は武器を投げ捨て地にひれ伏して祈り始めてしまった。

「あれは窃盗グループのよく使う手で、空中浮遊術、その一、たそがれに赤い薔薇の花を、という、人を驚かしておき、そのすきに、まんまと計画どおり実行してしまう、こそくな手段の一つです。だまされてはいけませんよ。彼らは、すでに、村のどこかの家の納屋から百済観音を運び出しています。そして、いずこともなく、去っていこうとしているのです」

「高木君。そして0000。我々は、任務を遂行しなければならない」

三名のH城の騎士たちは、馬にまたがって城門を出ると、山道を下り麓の村までたどりついたのだった。

その時、とある家のかげから黒装束の集団が現われ我々を包囲した。

「やあ、やあ。われこそは、三銃士なるぞ。観音像を奪う者には、天の罰を与えんとかけさんじたものでござるぞ。やあ、やあ。神妙にしろい」

彼らは刀を抜きじわじわと迫って来たのだ。

この時0000は、いきなり愛馬アオを走らせて、集団を蹴散らし包囲網を突破して一気に村の教会に向かった。

そして鐘を激しく鳴らし、夜のしじまに響き渡る鐘の音はH城の村人たちのところまでとどいた。

城内からおたけびが上がり、すさまじい勢いでかけくだって来た数千の軍勢におそれをなして集団はあたふたと逃げ去っていってしまったのであった。

「かたじけない。0000」

彼は無言のまま馬から降りると小川のせせらぎでのどをうるおしていた。

「高木君。彼にねぎらいの、青いしずくのような、地球の光を、そうだ明かりをつけるように……」


0101についてはこれ以上語るのはやめよう。

私は新しい0101として高木君と会ったが、彼女はひどく気にしていて、彼は、まだ、病気療養中なのですか？　行方不明なのですか？　などと聞いてくる。私は、高木君の、この態度は、好きではないのだ。

「法隆寺の百済観音を見に行こうと考えている……」

私が言うと彼女の顔はゆがんだ滑稽なものになった。しばらく私を見つめていた。

私はその後京都の西芳寺で、彼女に似た人を見かけた。あえて声をかけるのはひかえたのだった。

著者プロフィール

山口　弘之（やまぐち ひろゆき）

1952年生まれ
山梨県出身

著書
『逸見道韮葉城城下伝奇集（踏切を物語が通過中　巻七）』（筆名：山口平良、2009年日本文学館）
『無臭の光』（筆名：山口平良、2010年文芸社）
詩集『個人的に新記録』（筆名：山口一歩、2013年日本文学館）
詩集『スパイダースクロール』（2013年文芸社）
『七夕夜話』（2014年日本文学館）

正座記

2014年11月15日　初版第１刷発行

著　者　山口 弘之
発行者　瓜谷 綱延
発行所　株式会社文芸社
〒160-0022　東京都新宿区新宿１－10－１
電話　03-5369-3060（編集）
03-5369-2299（販売）

印刷所　株式会社平河工業社

ISBN978-4-286-15558-6